소심이
병은 아니잖아요?

소심이 병은 아니잖아요?

제1판 1쇄 2020년 10월 15일

지은이 이지아
펴낸이 이경재

펴낸곳 도서출판 델피노
등록 2016년 8월 11일 제2019-000132호
주소 서울시 중구 퇴계로 213, 일흥빌딩 3층
전화 0505-937-5494
팩스 0505-947-5494
이메일 delpinobooks@naver.com
ISBN 979-11-967573-9-7 (03810)

소심이 병은 아니잖아요?

스몰 마인드 자기 긍정학

이지아 지음

델피노

●●●●

프롤로그
알고 보면 모두가 소심하다

내가 만난 모든 사람은 하나같이 자기를 가리켜 '소심하다'고 말했다. 이 세상에는 '소심하다'는 성격만 존재하는 게 아닐까 싶을 정도로 모두가 소심한 사람들이었다. 하다못해 아무리 너그럽게 봐줘도 정말 '소심'이라는 단어와 어울리지 않는 사람은 말한다. 이래 봬도 '예전에는' 소심했다고.

'소심하다'라는 말은, 국어사전에 '대담하지 못하고 조심성이 지나치게 많다'라고 설명되어 있다. 대부분 국어사전에서 말하는 설명이 현실과는 동떨어져 있을 때가 많지만 이건 너무하다 싶다. '소심하다'가 겨우 그 정도라고? 우리가 일상생활에서 '소심하다'라고 말할 때는 조금 더 적나라하다.

'그 사람은 소심하다'라는 말을 들었을 때 떠오르는 이미지. 왠지 축 처진 어깨를 가졌을 것 같고, 그 어깨만큼이나 눈썹도 입꼬리도 처

소심이 병은 아니잖아요?

져 있을 것 같다. 마치 광고의 한 장면에서처럼 상사가 그의 얼굴에 서류뭉치를 날려도, 아무 말 하지 못하고 그 종이를 주워서 예의 그 처진 어깨로 걸어가는 뒷모습이 떠오른다. 시장에서 과일을 사는데 주인아줌마가 어째 조금 시들시들한 걸 집어준다 싶어도 아무 말 못 하고 그냥 담아 오는 사람의 얼굴도 겹친다. 노래방에서 노래를 부르다가도 주변 사람들의 반응이 없으면 정지 버튼을 누르는 손가락, 누가 옷에 뭘 쏟아도 아무 말 못 하고 괜찮다고 말하며 허둥대는 몸짓. 그 모든 것에 소심함이 담겨 있다. 사전의 설명보다 훨씬 더 불쌍하고 비참하고 때로는 짜증 나는 단어가 '소심하다'다.

소심한 성격으로 살아온 인생은 참 고단했다. 버스에서 하차 벨을 누르는 것마저 신경이 쓰여서 내릴 정류장이 다가오면 심장이 요동쳤다. 만원 버스에서 버스 문이 닫힐 때, '아저씨 내려요!'라는 말을 하지 못해서 다음 정류장까지 가면서 자신을 얼마나 미워했는지 모른다. 식당에서는 반찬을 더 달라는 말을 하기가 그렇게 힘들어서 젓가락을 쪽쪽 빨며 아쉬운 마음을 달래야 했고, '그때 네가 분명히 그렇게 말했잖아'라는 말을 하지 못해서 거짓말쟁이가 되는 경우도 여러 번 겪어야 했다. 만약 나를 바꿀 수 있다면, '소심한 성격'을 제일 먼저 바꾸고 싶었다.

하지만 이제 나는 세상 모든 사람이 '소심하다'고 말하는 이유를 알 것도 같다. 정도의 차이가 있고 분야의 차이만 있을 뿐, 남 눈치 안 보고 내 의견, 내 목소리 다 내면서 사는 사람은 없다. 그래서 같은 한 사람을 두고도 누군가는 '소심하다'고 말하고, 다른 이는 '자신감 있다'라고도 말하는 것이 아닐까. 그렇게 생각하고 나니, 세상 모든 소심한 사람들에게 동병상련과 함께 안쓰러운 마음이 든다.

소심하게 세상을 살다 보니 세심한 사람이 되었다. 그 사람도 소심한 나처럼 상처받을까 조심했더니 배려 깊은 사람이 되었다. 소심해서 말을 잘 안 하다 보니 잘 들어주는 사람이 되었다. 소심해서 잃은 것도 많지만 소심해서 얻은 것도 분명 있다. 물론 아직도 대범하고 자신감 넘치는 사람을 보면 너무 멋져서 입이 헤 벌어진다. 나도 저런 사람이 되고 싶다고, 몇 번씩이나 생각해보기도 한다. 특히 내 아이가 소심해서 남들 앞에 나서지 못하는 걸 보면 마음 한쪽이 욱신거린다. 소심해서 큰 손해를 보면서 살지는 않을까, 자꾸 염려의 눈길로 쳐다보게 된다. 하지만 다행스러운 건 완벽하게 손해만 보는 일은 없다는 사실이다.

완벽하게 소심한 사람은 없다. 누군가에게는 큰 목소리 낼 때도 있고, 또 어딘가에서는 잔뜩 웅크린 채로 살기도 한다. 나 역시 소심과 덜 소심 사이에서 오늘은 조금 더 용기 내 보고, 내일은 또 더욱 쭈그러들기를 반복한다. 바꾸고 싶었던 내 소심함을 이제는 인정해주기로 했다. 조금 용기를 낸 날은 칭찬해주고, 이렇게까지 소심하나 싶어서 내가 못나 보일 때는 괜찮다고 말해준다. 그렇게 살아도 이제 보니 꽤 살만한 세상이다.

조금 소심한 사람, 조금 더 소심한 사람, 예전에는 소심했지만, 지금은 조금 덜 소심한 사람. 어쨌든지 소심한, 세상의 모든 당신을 응원한다.

소심이 병은 아니잖아요?

CONTENTS

1 ──────── 나보다 더 소심한 사람

나와 보라고 그래

　　남편의 여자 친구들은 예뻤다. 결혼을 앞두고 남편의 친구들을 만
나러 간 자리, 세 명의 남자 친구들과 네 명의 여자 친구들이 있었는데
세상에 하나같이 너무 예쁜 거다. 순간, '서울 여자들은 다 이렇게 예쁜
가?'라는 촌스러운 생각을 했을 정도였으니까. 남편과는 중학교 때부
터 친하게 지낸 친구들이었다. 잠시 남편이 조금 이상한 사람이 아닌
가 싶었다. 이렇게 예쁜 여자 친구들을 그렇게 오래 봤으면서 왜 나 같
은 사람을 선택했는지 그의 안목이 의심스러웠다.

　　그중에서도 N은 독보적이었다. 방송 일을 하다 보니 예쁜 여자들
을 많이 보고 살아온 나다. 그런데도 N은 여느 연예인 못지않은 예쁜
외모의 소유자였다. 큰 키, 날씬한 몸매, 하얀 얼굴, 큰 눈에 진한 눈썹
과 풍성한 머리숱까지. 어중간한 연예인은 오징어로 만들어 버릴 정도
의 외모였다. 알고 봤더니 실제로 20대 때는 길거리 캐스팅을 몇 번 당

했다고 한다.

결혼하고 나서도 종종 남편을 집요하게 추궁하곤 했다.

"N을 진짜 여자로 좋아한 적 없어? 진짜야?"

차라리 좋아한 적 있다고 말하는 편이 서로 편할걸. 남편은 끝끝내 아니라고 말한다. 이해할 수 없었다. 저렇게 예쁜 여자를 어떻게 안 좋아할 수가 있지? 너무 예뻐서 감히 범접할 수 없다는 게 바로 이런 의미인가? 혼자서 억측만 할 뿐이었다.

결혼 이후, 그녀를 자주 볼 일은 없었다. 가끔 카톡에 있는 그녀의 사진을 보면서 어떻게 이렇게 예쁠 수가 있지, 감탄할 뿐이었다. 40대의 나이가 되어도, 두 아이의 엄마인데도, 어째 늙지도 않는 것 같았다. 예쁜 여자를 보는 일은 같은 여자로서 기분 좋은 일이다. 그녀와 실제로 마주치기 전까지는.

어쩌다 N의 집에서 하룻밤을 자게 됐는지 잘 기억 나지 않는다. N은 오래 연애한 오빠와 결혼했고, 남편과 그 오빠는 아주 친한 사이다. 그래서 오랜만에 전화통화를 하다 N의 집에서 부부끼리 하루 놀기로 한 것이었다. 그렇게 처음으로 N과 오랜 시간 마주 앉아서 얘기하게 되었다.

불공평하다. 그녀는 생얼마저 예뻤다. 게다가 착했다. 예쁜 여자가 착하기까지 하면 어쩌란 말인가. 나보다 한 살이 어린 그녀는 계속 "언니, 말 놓으세요"라고 말했다. 나로 말할 거 같으면 처음 만난 사이여도 "나이도 더 많으신데 말 놓으세요" 하는 순간 "그럴까?" 하면서 말을 놓는 스타일이다. 이상하게 존댓말을 쓰는 것이 불편하다. 역시나 그녀의 제안에 "그럼 그렇게" 했지만, 이상하다. 자꾸 존댓말이 나온다. 내 평생 이런 일은 없었는데, 자꾸 존댓말이 나오는 내가 너무 웃겼다. 나는 그녀의 예쁜 외모에 쫄았던 것이다. 여신 같은 외모에 나도 모르게 압도되어 차마 함부로 말을 놓을 수 없었나 보다. 나의 무의식이 만들어낸 존댓말이었다.

내 생각과는 다르게 저절로 쭈그러드는 것이 또 한 가지 있는데, 학벌이다. 가난했던 우리 집에서 선택할 수 있는 대학교는 S대와 지방 국립대, 딱 두 가지였다. 당연히 S대를 갈 실력은 되지 않았다. 무리하면 서울에 있는 괜찮은 대학은 갈 수 있었지만, 딱히 무리하고 싶지 않았다. 그래서 별 고민도 없이 선택한 지방 대학이지만 꽤 마음에 들고 내 딴에는 자랑스러웠다. 하지만 그건 내 생각일 뿐, 'in 서울'이 아니면 어디 명함 내밀기 부끄러운 게 직장인으로서 만난 대부분의 현실이었다.

모 방송국에서 연예뉴스프로그램을 담당한 적이 있다. 연예부 기자들이 직접 출연하곤 했는데 그 중 A 기자는 무척 예뻤다. 게다가 알고 봤더니 내가 그렇게 선망해 마지않던 Y대 국문과 출신이란다. 그런 그녀가 어느 날 방송국 복도에서 물었다.

"작가님, 남자친구 있어요?"

"아니요. 없어요."

"제가 소개팅해드릴까요?"

"그럼 좋죠!" (젠장. 너무 빨리 대답했다.)

너무 없어 보이나 후회하던 찰나에 전혀 예상치 못한 질문이 훅! 치고 들어왔다.

소심이 병은 아니잖아요?

"작가님, 대학교 어디 나오셨어요?"

"저 OO대학교요!"

당황한 나머지 무릎 반사처럼 즉각 대답이 튀어나왔다. 평소 나는 우리 대학교 이름을 말할 때 항상 'C대'라고 말하곤 했다. Y대를 굳이 YS대라고 말하지 않는 것처럼. 그런데 이렇게 직접 출신학교를 묻는 말(게다가 소개팅하기 전)에 당황해 'CN대학교요'라고 풀네임을 말해버린 것이다. 그 이름이 문득 나에게도 참 낯설게 느껴졌다.

"아. 네~."

그녀는 마뜩잖은 표정으로 대답한 후 지나쳤고, 당연히 소개팅에 관한 얘기는 더 이상 없었다.

외모가, 학벌이 그 사람의 전부를 말해주지 않는다는 것을 잘 알고 있다. 하지만 우리는 여전히 그것들로 사람을 평가하곤 한다. 나 역시 말로는 아니라고 하면서도 벗어나지 못했다. 예쁜 여자를 보면 왠지 주눅이 들었고, 우연히 그 사람의 학벌을 알게 되면 그가 하는 얘기들은 무조건 다 얘기처럼 느껴졌다. 꼭 그렇지 않다는 것을 알면서도 이상하게 논리적인 생각과는 달리 내 몸과 마음이 알아서 주눅이 드는 것이다.

그래도 요즘은 딸에게 "꼭 대학에 갈 필요는 없다"라고 진심으로 말하는 것을 보면, 많이 발전했다. 물론 아직 멀었다. 외모가 뛰어난 사람, 학벌이 뛰어난 사람 앞에서 알아서 쭈그러들지 않을 때, 그때야 비로소 나를 작아지게 했던 것들로부터 진정으로 자유로워졌다고 말할 수 있으리라. 그렇게 자유로워질 나를 기다린다.

백화점에 가본 지 족히 몇 년은 된 것 같다. 아이가 셋이 된 이후로 백화점은 나에게 '너무 먼 당신'이었다. 내 옷을 백화점에서 살 일도 아이들 옷을 백화점에서 살 일도 없었다. '아이쇼핑'이라도 하기에는 백화점의 그 고고한 분위기 때문에 전혀 즐겁지 않았다. 돈이 없다는 것은 죄는 아닐지 몰라도 주눅 드는 일임에는 분명했다.

그랬던 내가 큰맘 먹고 백화점에 간 것이 문제의 시작이었다. 평소와 달리 '크게' 마음먹는 일은 두 가지를 가져오기 마련이다. 변화 아니면 문제.

둘째 아이의 초등학교 입학을 앞두고 그럴듯한 가방을 하나 사주고 싶었다. 3학년에 올라가는 큰딸 역시 1학년 때 산 새빨간 가방을 바꾸고 싶어 했는데, 마침 나는 아이에게 키플링 가방이 딱이라는 생각이 들던 참이었다. 인터넷만으로 사이즈를 정확하게 알 수 없어서 시장조사할 생각으로 온 가족이 백화점에 나선 참이었다. '사이즈만 파악하고 인터넷으로 사야지!' 나름 야심 차게 계획을 세웠다.

지금에 와서야 한 번 더, 후회한다. '시장조사'라니. 나 같이 소심한 사람이, 아이를 셋이나 데리고, 그것도 나를 항상 주눅 들게 하는 '백화점'에 '시장조사'를 간다는 것은, 처음부터 안 될 일이었는지도 모르겠다.

아이는 키플링 매장의 가방을 아주 마음에 들어 했다. 점원이 신나서 이것저것 골라주고 설명하는 사이, 나는 티 나지 않게 가격을 훑었다. 20만 원이라니. 생각보다 훨씬 더 비쌌다. 처음부터 가방 사이즈만 고르고 올 생각이었던 나와는 달리 딸은 이것저것 점원이 권하는 가방을 메고 있었다. 우선 이곳에서 나가는 것이 상책일 것 같아서 "잠시 둘러보고 오겠다"는 흔한 핑계를 대고 나왔다.

그 사이, 둘째 아이의 가방을 적당한 가격에 마음에 드는 것으로 골랐다. 그러자 시무룩해 있는 딸아이가 마음에 걸린다. 처음부터 여기에서 네 가방을 사지는 않을 거라고 말했던 상황이지만, 그래도 아이나 나나 속상한 건 어쩔 수 없는 일이다. 딸아이는 아까 그 매장에 한 번만 더 가보고 싶다고 말했고, 그게 뭐 대수냐 싶어서 다시 한 번 그곳에 가고야 만 것이 두 번째 화근이었다.

이미 신이 난 아이들은 이것저것 가방과 고릴라 인형을 만지기 시작했고 나는 그것만으로도 이미 민폐를 끼치는 것 같아 마음이 불편했다. 게다가 점원이 또 이런저런 디자인의 가방을 열심히 권하고 설명하는 순간, 내 마음은 미안함으로 가득 찼다. 하지만 아무리 미안해도 20만 원짜리 가방을 살 수는 없는 노릇이다.

그때 필통이 눈에 띄었다. 그게 무엇이든, 어쨌든, 손에 뭔가를 들고 나가야만 하는 아이들의 욕구를 충족시켜주고, 점원의 수고에 대한 미안함을 조금 없앨 수도 있고, 내 지갑에도 부담되지 않는 선. 딱 그만큼을 만족할 것으로 보였다. 왜 그때 가격표를 보지 않았을까. 필통이라고 너무 무시했거나 어서 이곳을 벗어나고 싶었던 마음이 너무 컸나 보다. 그게 세 번째 실수였다.

점원은 필통에서 가격표를 떼면서 말했다.

"5만9천 원씩, 11만8천 원입니다."

순간 머리가 멍해졌다. 뭐라고?! 필통 하나에 5만9천 원?! 입 밖으로는 소리가 나오지 않았지만, 놀라자빠진다는 게 바로 이런 경우를 두고 하는 말인가 보다. '아니에요. 안 살게요'라고 말하고 싶었지만, 그 말마저 입 밖으로 나오지 않았다. 쪽팔렸다. 그 어떤 고급스러운 단어로는 그때 내 상황을 설명할 수 없다.

애는 셋이나 줄줄 데리고 왔는데, 20만 원짜리 가방을 살 수 없어서 간신히 필통을 골랐다. 그런데 그마저도 못 사겠다고 말하는 내 모습이, 너무 쪽팔려서 더욱 소심해졌다. 마음속으로만 '안 되는데, 안 되는데' 하는 사이 직원은 보증카드를 작성하고 있었다. 차라리 아까 말할걸! 그 카드를 작성하고 있는데 말하면, 직원이 더더욱 멸시하고 화낼 것 같은 느낌이 들어서 끝내 말하지 못했다. 그렇게 나는 5만9천 원짜리 필통을 두 개나 사 들고 백화점을 나오고 말았다.

무엇이었을까. 그때 내 입을 막은 것은. 무시당하고 싶지 않았던 마음, 딱 그것이었다. 마음속으로는 몇 번이고 상상한다. "어머, 너어어

소심이 병은 아니잖아요?

무 비싸다! 죄송해요. 안 살게요!"라고 말하는 내 모습을. 아마 그랬다면 직원의 얼굴이 일그러지는 모습을 봤을 테고 나도 그 순간 아주 부끄러웠겠지만, 그러면 뭐 어때?! 직원이 속으로야 욕했다고 할지언정, 그것도 내가 모르면 상관없을 테고, 이렇게 자책하면서 괴로워할 일은 없었을 것이다.

소심하지만 그래도 잘 살아왔다고 생각했다. 크게 피해 본 일도 없고, 피해를 준 일도 없다. 뭐 간혹 손해 보는 일도 있었지만, 그 정도 손해야 어쩌면 배려일 수도 있으니 괜찮다고도 생각했다. 하지만 5만9천 원짜리 필통은 아무리 생각해도 그 어떤 말로도 포장할 수 없다. 그건 그저 내 바보 같은 소심함과 남에게 없어 보이고 싶지 않았던 얄팍한 자존심에 대한 처절한 대가.

5만9천 원짜리 필통은 나에게 가르쳐 주었다. 다음부터 물건을 살 때는 꼭, 꼭 가격 먼저 확인해야 한다는 사실을.

사람들은 너무 쉽게 단정한다.

"여행 싫어하는 사람이 어디 있어요?"

"여행이라도 다녀와."

다들 '여행은 좋은 것', '누구나 여행을 좋아한다'라는 전제하에 하는 말이다. '여행을 싫어할 자유'조차 주어지지 않은 세상에서 여행을 싫어하는 소심한 사람은 발붙이고 서기 힘들다.

언젠가 라디오에서 한 번도 여행을 떠나지 않았던 한 유명 작가에 관한 이야기가 나왔다. 귀가 쫑긋해졌다. '여행을 싫어한다'라고 당당하게 얘기하고, 평생 한 번도 여행을 떠나지 않았다는 그의 이야기가 얼마나 멋있게 들렸는지 모른다. 한편으로는 '저 사람 정도 되니까 저런 얘기를 해도 멋있는 거지. 나 같은 사람이 얘기하면 엄청 없어 보일 거야' 작아지기도 했다. 작가의 이름이 기억나지 않아서 그 날 들었던 기억을 토대로 아무리 검색해도 나오지 않는다. 누구인지 꼭 알고 싶다. 그렇다면 나도 그의 말을 빌려서 조금 더 당당하게 "여행을 싫어해요"라고 얘기할 수 있을 텐데.

다른 소심한 사람들은 어떤지 모르겠지만, 나에게 여행은 기대와 설렘보다는 낯선 환경에 대한 걱정과 스트레스가 훨씬 더 크게 작용한다. 웬만하면 여행을 가지 않기 위해 이리 빼고 저리 뺐다. 누구나 여행을 좋아할 법한 스무 살 후반에 미국에 있는 언니에게 놀러 가서 한 달 이상 지낼 일이 있었다. 친구들 모두 너무 부럽다고 가서 재밌게 놀다 오라고 했지만, 나의 목적은 딱 하나였다. 아기를 워낙 좋아하는 터라 갓 태어난 귀여운 조카를 직접 보고 싶은 것, 그 열망 하나로 용기 내어 미국행 비행기에 오른 것이다. 이런 내 마음을 알 리 없는 언니는 좋은 곳도 보여주고 데려가고 싶은 곳도 많았으니, 결국은 화를 냈다. 미국까지 와서 방구석에만 처박혀 있는 애가 어디 있느냐고, 어디 가자고 하면 좀 따라나서라고! 하지만 나는 그때 이제 막 6개월이 된 귀여운 조카를 보는 일이 훨씬 더 즐거웠다. 언니가 하도 화를 내는 바람에 펑펑 눈물을 쏟으면서도 말하지 못했다. 나는 여행이 너무 싫고 힘들다고.

그런 나에게 결혼 후 처음으로 해외출장 일정이 잡혔다. 장소는 무려 이탈리아. 처음으로 우리 부부가 같이 가는 해외출장이라 남편은 신이 났다. 나 역시 세 아이를 두고 온전히 혼자일 수 있다는 것은 너무나 기분 좋은 일이었지만 그게 전부였다. 결혼 후 12년 만에 처음 타보는 비행기도, 낯선 나라도, 영어를 못한다는 사실도, 그 모든 게 스트레스가 되어서 정말 가고 싶지 않았다. 그 기간만큼 어디 호텔에 짱 박혀 있으라고 하면 정말 너무나 신났을 텐데.

흔치 않은 기회이기 때문에 원래의 촬영 일정보다 이틀 더 여유를 갖고 이탈리아에 도착했다. 출장 전부터 들뜬 마음으로 여행계획을 세웠던 남편은 오늘은 어디 어디를 가고, 밥은 어디에서 먹고, 아침부터 계획을 늘어놓는다. 이번 여행만큼은 소심한 나를 버리고, 남편의 계획에 적극 동참하기로 혼자서 굳게 마음먹었던 터였다. 하지만 이탈리아의 복잡한 시내에 발을 들여놓는 순간, 그 마음은 온데간데없이 사라져 버렸다.

날씨는 덥고 사람은 많았다. 조금 유명한 곳을 보려면 기약 없이 줄 서서 기다려야 했다. 우리가 주로 있던 피렌체의 번화가에는 길바닥에 그림을 깔아놓고 그 그림을 밟으면 강매하는 사기꾼들이 있었는데 그들이 바닥에 그림을 까는 모습이며 관광객들과 승강이 벌이는 모습을 보는 것만으로도 너무 스트레스를 받았다. 혹시나 내가 그들의 먹잇감이 되지 않을까 하는 우려에 발걸음 한 번 떼놓는 일도 조심스러웠다.

그 마음을 숨기고 나름대로 최선을 다해서 남편의 리드를 따라갔지만, 그뿐이었다. 나는 별로 웃지 않았고, 사진을 찍지도 않았으며, 말을 많이 하지도 않았다. 직접 입 밖으로 내지 않았을 뿐, 어서 호텔로 돌아가고 싶다고 온몸으로 말하고 있었다. 오죽하면 촬영이 시작되어 일하던 때가 몸은 힘들어도 훨씬 마음 편했다.

그 이탈리아가 요즘은 자꾸 생각난다. 이탈리아가 싫었던 이유는 뜨거운 날씨도, 수많은 관광객 때문도 아니다. 그림 강매하는 사기꾼 때문도 아니다. 그건 순전히 내 마음에서 비롯된 일이다. 이런 마음이라면 나는 제아무리 아름답고 좋다는 곳 그 어디를 가도 아무것도 보지도 느끼지도 못하고 돌아올 것이다. 아무리 여행을 싫어한다고 해도 그 순간만큼은 모든 걸 버리고 온전히 즐겼다면, 그렇다면 이탈리아가 이렇게 아쉬움으로만 기억되지는 않았을 텐데. 이런 일이 비단 여행에만 국한되는 것은 아니라는 데 생각이 미쳤다. 살면서 얼마나 많은, 좋은 것들을 놓치고 있을까. 처음으로 두려워졌다.

어렸을 때 가졌던 수많은 꿈 가운데 빠지지 않았던 것은 '작가'였다. 작가에도 여러 직군이 있다는 것을 어렴풋이 아는 나이가 되면서도 어쨌든 어느 방식으로든 글을 쓰는 사람으로 살아야겠다고 생각했다. 대학교에 가서도 마찬가지였다. 그래서 나에게는 좋은 핑계 하나가 생겼다. 전공 공부를 열심히 하지 않아도 된다는 핑계.

소망이었던 국어국문과를 가기에는 성적이 조금 불안해서 전혀 알지 못하는 그냥 국문과랑 비슷할 것 같은 '언어학과'에 입학했다. 그런데 안타깝게도 여기에서는 대부분의 전공을 영어로 공부해야 했다. 라틴어와 그리스어를 배울 때마저도 전공서적이 영어였으니 그야말로 영어는 기본 중의 기본이었다.

그런 모든 과목을 공부하지 않았다. 왜 그리 공부를 안 하느냐는 동기나 선배들의 말에는 "난 작가가 될 거거든. 작가한테 영어는 필요하지 않아"라는 무식한 소리로 당당하게 맞섰다. 이제야 후회한다. 작가가 되더라도 '영어 잘하는 작가'는 뭔가 또 다른 획을 그을 수 있다는 것을 뒤늦게 알았다.

이렇게 영어와 담쌓던 나에게 닥친 사건. 지금은 무슨 과목인지 기억나지 않지만, 아마도 '음성학' 쪽이었는데 어쨌든 영어 원서를 소리 내서 읽어야 하는 시간이 있었다. 그때 아무 생각 없이 본문을 읽는데, 그 중 'consideration'이라는 단어를 발음하자 교수님이 뒤로 넘어갈 듯 웃는 것이다. 세상에 '시'라고 발음하는 사람이 어딨냐며, 그걸 굳이 칠판에까지 써가면서 '시'라고 발음했다며 놀리듯 황당해하셨다. 나는 지금도 'consideration'의 'si'를 도대체 '시'가 아니면 뭐라고 발음해야 할지 모르겠다. 뭐 굳이 우리말 발음으로 따지자면 'ㅣ'와 'ㅡ'의 중간 정도의 발음으로 하는 것이 맞는다는데, 그게 그렇게까지 웃고 창피를 줘야 할 일인지도 사실은 모르겠다.

어쨌든 그 이후로 내 별명은 한동안 'consideration'이 되었으니! 소심함을 숨기면서 살아왔기에 아무렇지 않은 척했지만, 그 일은 영어라면 학을 떼게 하기에 충분했다. 또한 정말 딱 그 한 번의 일로 '나는 영어 발음이 후져'라는 고정관념, 강박관념을 갖게 되었고, 덕분에 영어 앞에서는 언제나 작아졌다. 당연히 영어를 잘하는 사람 앞에서도 작아졌다. 말 한마디가 갖는 힘은, 더군다나 조금 영향력이 있는 사람이 내뱉는 말은 이렇게도 힘이 세다는 걸 그 교수님은 몰랐나 보다.

영어를 못하면 못할수록 잘하고 싶은 생각도 커졌다. 영어는 언제나 나를 짓누르는 아킬레스건이었다. 포기하고 싶은 생각이 들다가도 이상하게 포기가 안 되었다. 나름 영어 공부에 참 많은 시간과 돈을 들였다. 그런데 영어야말로, 아니 외국어야말로 '뻔뻔해야' 제대로 배울 수 있다는 것을 뒤늦게 깨달았다. 죽이 되든 밥이 되든 입 밖으로 내뱉어야 하는데 소심한 나는 틀릴까 봐 부끄러워서 말을 뱉지 않았고, 당연히 영어는 잘 늘지 않았다.

'발리'로 신혼여행을 갔을 때, 남편과 나는 어떤 상점을 찾고 있었다. 그 날따라 거리에 사람이 없어서 어쩔 수 없이 상점에 들어가서 물어봐야 했다. 그런데 상점에 들어간 우리 남편은 너무도 당당하게 "May I help you?"라고 물어봤다. 아, 한국의 주입식 영어교육의 한계란! 황당해하던 점원의 표정이 아직도 생각난다. 사실 그 당시는 남편이 무안해 할까 봐 웃지도 못하고, 입도 뻥긋 안 하는 주제에 남편을 놀릴 수도 없어서 그냥 그냥 넘어갔다.

요즘도 가끔 그때가 생각난다. 처음에는 너무나 웃겼지만, 지금은 생각할수록 그렇게 당당할 수 있는 남편이 부럽다. 알고 있으면 뭐하나, 내뱉지 않은 것은 아무것도 아닌 일이 된다. 아무리 생각해도 아무 말도 하지 않던 나보다 틀리더라도 엉뚱하더라도 아무 영어나 내뱉던 남편이 훨씬 더 멋있게 느껴진다.

미국에서 한 달간 지낼 때도 언니나 나나 영어 실력은 고만고만했지만, 언니는 어디서든 당당하게 말했다. 세상에는 '보디랭귀지'가 있다는 것이 언니의 지론이었다. 얼마 전 스페인으로 여행을 떠났을 때는 한 노점상 아저씨와 언니는 우리말로 아저씨는 스페인어로 한참 동안 대화했단다. 함께 간 지인들은 그 상황이 너무 재미있어서 웃고 난

소심이 병은 아니잖아요?

리였지만, 언니는 그렇게 당당하게 자신이 원하는 것을 얻었다고 한다. 그리고 그 상황을 전혀 부끄러워하지 않고 재미있는 추억으로 기억하고 있다.

아직도 여전히 영어를 잘하고 싶다. 소심해서 영어를 못하는 건지, 영어를 못해서 소심해지는 건지 모르겠지만, 어쨌든 적어도 영어 앞에서만큼은 소심해지고 싶지 않다. 정말 원하는 것을 얻기 위해서라면, 조금 뻔뻔해질 필요는 있겠다.

　　남편은 나와 같은 프리랜서다. 예전으로 치면 'VJ'라는 직업을 가진
그는 실력을 인정받은 덕에 10년 가까이 한 지역 방송국에서 계속해서
일하고 있었다. 그런 그에게 어느 날, 제작 담당 부장이 전화를 걸어서
대뜸 "00씨, 인사 좀 하고 다녀"라고 말하더란다. 그 말을 들은 남편은
처음엔 어리둥절했다고 한다. 꽤 예의 바르게 인사를 잘하고 다녔는데
왜 그런 말을 할까, 혹시라도 납품하러 들어갔다가 그냥 간 적이 있어
서 그걸 보고 그러나 싶었다. 그래서 다음에는 일부러 제작실까지 찾
아가서 공손하게 인사를 잘~ 하고 다녔단다.

　　그 "인사 좀 하고 다녀"의 의미가 선물이나 봉투를 달라는 완곡한
표현이었다는 것을 다른 선배의 귀띔으로 안 건 한참 후의 일이다. 게
다가 이미 다른 많은 VJ들은 인사를 잘~ 하고 있었다는 사실까지도.

　　그 얘기를 듣고 허허 웃었다. 내 남편이 이렇게 순수하고 또 순진한

사람이라는 사실에 감사하는 마음이 들기도 했다. 물론, 불과 몇 년이 지나지 않아 이렇게 인사도 안 하는 사람이 어떻게 이 험한 사회생활을 하면서 처자식을 먹여 살리나 걱정이 되긴 했지만 말이다.

둘 다 조직이라는 곳에 맞지 않는 사람인데, 나는 늘 그래도 남편보다는 내가 더 낫다고 우기곤 한다. 우선은 짧은 시간이지만 그래도 나름 조직생활을 하기도 했고, 또 워낙 소심한 성격 탓에 조직에서 크게 내 의견을 내세우지 않는다는 것이 남편보다 내가 낫다는 이유다. 그런데 다만 한 가지, 마음이 없는 말을 못하는 건 나나 남편이나 도토리 키재기인 것 같기는 하다.

"How are you?"라고 물으면 "Fine. Thank you, and you?"라고 대답하는 것처럼, 일상적으로 주고받는 형식적인 문답들이 있다. 아니면 윗사람이 아랫사람에게 아랫사람이 윗사람에게 해야 하는 말들. 그게 빈말이라는 걸 너도 알고 나도 알지만 그래도 해야 하는 말들. 그 말을 못하는 것은 사실 사회생활에서 엄청난 약점이다. 나는 그런 말을 내 입으로 하지도 못하지만, 남들이 하는 것만 들어도 손발이 오그라드는 강한 반응을 보이곤 한다.

예를 들어, 상사가 "잘 지냈나?"라고 물어보면 "네. 덕분에요~"라고 대답한다든가, 어떤 성과를 상사에게 돌리기 위해서 "다 부장님이 하신 거죠. 제가 뭐 한 게 있나요?" 같은 말은 이미 목구멍에서 턱 걸려 나오질 않는다. 사실 그렇게 말이 나와도 문제다. 나로 말할 것 같으면 얼굴에 모든 생각이 다 드러날 정도로 표정관리를 못 하는 사람인데, 말과는 다른 떨떠름한 표정을 짓고 있는 것이 상대방에게 더 못할 짓이라는 생각이 든다. 그래서 차라리 아무 말도 하지 않는 것을 택하는 것이다.

오죽하면 어떤 아기를 봤을 때도, 내 눈에 귀엽지 않으면 절대 '귀엽다'는 소리가 나오질 않는다. '아기'라는 존재는 그 자체만으로도 귀엽다지만 살다 보니 정말 아무리 봐도 귀엽지 않은 아기들도 있더라. 그럴 때면 "와…" 하고 끝을 얼버무리게 된다. '예쁘다'는 소리가 나오지 않으면 '귀엽다'라고 말하면 된다. 그런데 마치 무슨 정의의 사도라도 된 건지 목에 칼이 들어와도 거짓말은 못 하는 사람인 것 마냥 그 말을 그렇게도 아끼는 것이다.

사실 마음이 없는 말을 하지 못하고 하지 않는 이유는 '들킬까 봐'라는 소심한 이유 때문이다. 뛰어난 연기력의 소유자가 아니다 보니, 아무래도 들킬 건 뻔하고 들켜서 괜히 또 서로 민망한 상황이 벌어지느니 그냥 아무 말도 않음으로써 상황을 무마시키는 것이 훨씬 더 낫다고 생각한다.

게다가 '난 이렇게 정직한 사람이야'라고 자신을 합리화시키고 싶은 마음마저 작용한다. 살면서 신호등을 무시한 적도 많고, 가끔은 분리수거를 대충하기도 할 때도 있으면서 왜 엄한 데에 쓸데없이 도덕성이 작용하는 건지 모르겠다.

사람이란 자고로 마음이 없는 말도 할 줄 알고, 때로는 서로 띄워주기도 해야 한다. 알면서도 영 그런 말이나 상황에 두드러기가 날 것만 같다. 어쩌다 보니 똑같은 성격을 지닌 남편까지 있으니 프리랜서인 우리 두 사람의 미래는 더욱 불안하기만 하다. 그 불안한 마음을 삼키고 내가 할 수 있는 일은 "괜찮아! 실력만 있으면 얼마든지 성공할 수 있어!"라고 큰소리치며 남편을 다독여주는 것뿐이다.

돌고 돌아도
결국 소심

　여름철에 주룩주룩 내리는 비를 바라보는 일은 시원하지만, 막상 그 빗속에 있으면 생각보다 덥다. 특히 비 오는 날의 버스 안은 더욱 심하다. 습도에 온도까지 높아져 있는데, 비 때문에 창문까지 다 꽁꽁 닫아놓았으니 그야말로 후덥지근한 상태가 되는 것이다. 유독 더위를 많이 타는 나는 비 오는 날에 사람이 많은 버스를 타는 일이 질색이다.

　지금은 버스나 지하철 같은 대중교통시설에서도 에어컨이 잘 나오지만, 불과 10년 전에는 그렇지 않았다. 에어컨은 그야말로 '버스 기사님 마음대로'였고, 승객들은 아무 말 못 하고 그저 기다릴 뿐이었다. 그 더위 속에서 땀을 뻘뻘 흘리면서 버티는 일은 고역이다. 물론, 나는 내가 그곳에서 쪄 죽는 한이 있어도 '기사님, 에어컨 좀 틀어주세요!'라는 말은 절대 못 뱉는 사람이었다.

　누군가가 운전대를 잡으면 우리는 그 순간, 그에게 주도권을 넘기게 된다. 그건 대중교통에서도 마찬가지였다. 승객 대부분은 '우리는 기사님의 기분을 나쁘게 하면 안 된다'라는 어떤 절대 규칙에 암묵적으로 동의한 사이가 되는 것이다. 따라서 아무도 쉽게 기사님의 행동에 대해서 이의를 제기하지 못한다. 그렇게 다들 땀을 삐질삐질 흘리면서 버스 안의 후덥지근함을 온몸으로 견뎌내고 있을 때, 누군가 한마디 던진다.

"기사님 에어컨 좀 틀어주세요!" 그 말이 나오는 순간은, 버스 안의 공기조차 달라진다. 그리고 마침내 버스 안 송풍구에서 시원한 바람이 나올 때 느껴지는 사람들의 평화로운 얼굴. 이쯤 되면 참으로 용감한 그는 독립투사까지는 못 되어도 의인이라고 하기에 충분하리라.

버스 안에서의 더위를 견뎌내는 것처럼 택시에서는 택시 기사님의 모든 것을 견뎌내야 한다. 그것은 기사님에 따라서 각기 다른 형태로 다가오는데 때로는 난폭운전, 때로는 말끝마다 붙는 욕, 때로는 지나치게 한쪽으로 쏠린 정치 이야기, 때로는 견디기 힘든 체취까지. 그 모든 것에도 승객들은 되도록 끝까지 참는 수밖에 없다. 운전대를 잡은 사람은 내가 아니므로. 혹시라도 어떤 일이 일어날지는 아무도 알 수 없으므로. 최대한 기사님의 기분을 상하지 않게 애쓰는 사이 내 기분이 나빠지는 것은 당연한 일이다.

'마이카'가 생긴 이후 이런 고민에서 벗어날 수 있다는 것이 크나큰 축복이었다. 더우면 더운 대로 추우면 추운 대로 차 안의 온도를 내 마음대로 조절할 수 있었다. 그 누구도 신경 쓸 것 없이 가장 독립적인 공간을 즐기면 되는 것이다. 실제로 한 조사 결과에 따르면 사람들이 가

장 안정적인 자유를 느끼는 공간이 자동차 안이라고 할 정도로 자동차
는 사적인 공간이다.

　그런데, 이 죽일 놈의 소심함은 가장 사적인 공간에조차 쳐들어왔
다. 운전할 때도 다른 운전자들의 눈치를 보는 것이다. 우선, 내 속도에
맞춰서 달리지 못하겠다. 물론 교통이라는 것이 어느 정도의 흐름을
맞춰가야 하는 거지만, 유독 뒤꽁무니를 바짝 쫓아오는 차가 있으면
신경이 쓰이기 시작한다. 덩달아 속도를 높인다. 평소 나답지 않은 빠
른 속도에 가슴이 두근댄다. 그러다 정 안 되겠다 싶을 때야 비로소 옆
차로로 차선을 옮기는데, 그래 놓고도 조금 더 속도를 올린다. '야야,
나 운전 못 해서 천천히 가는 거 아니거든?!' 왠지 이런 마음이 드는 것
이다. 이거야말로 엄청난 자격지심이다. 이러니 고속도로를 달리고 나
면 너무 오래 눈치를 보고 비교하느라 피곤한 마음이 든다.

　어디 낯선 곳에 갈 때는 또 어떤가. 어떤 길로 가는지 미리 내비게
이션을 통해서 대충 감을 잡아놓고, 무엇보다 중요한 주차 문제를 해
결해야 한다. 혹시나 주차장이 만차여서 빼도 박도 못하는 상황을 만
들지 않도록 제2, 제3의 가능성까지 생각해둬야 한다. 목적지가 복잡
한 도심이라면 혹시나 망신을 당하거나 민폐를 끼치는 상황이 될까 봐
너무 무서운 것이다. 그러니 초행길을 가야 하는 전날이면 이미 머릿
속으로는 집에서부터 목적지까지 몇 번이나 시뮬레이션하느라 밤잠을
설치는 일도 부지기수다.

　덕분에 마이카가 생기고도 몇 년 동안 주말과 휴일에 내 차는 언니
의 차지가 되었다. 미리 루트를 다 짜느라 차를 갖고 나가는 일이 너무

힘들고 피곤한 나와는 달리, 무작정 차를 갖고 나가는 무대포 정신을 가진 언니는 운전이 그렇게 스트레스가 되지 않았기 때문이다.

물론 이제는 운전한 지 10년이 훌쩍 넘었으니 예전보다 스트레스는 많이 줄었다. 다만 여전히 소심한 나는 뒤차가 경적만 울려도 '혹시 나한테 그러는 건가?' 하는 생각에 마음이 철렁 내려앉곤 한다. 버스를 탈 때는 택시를, 택시를 탈 때는 내 차를 그리워했지만, 아무리 돌고 돌아도 결국 나는 이런 사람이었다. 버스도 택시도 그리고 내 차마저도 이렇게 100% 완벽히 자유롭지는 않으니 이거 뭐 순간이동능력이라도 생기지 않는 이상 나는 늘 마음 졸이며 살아야 하는 피곤한 인생인지도 모르겠다.

당신의 '가장'은
무엇인가요?

    예전에는 월간잡지를 사는 일이 그렇게 신나고 기쁜 일이었다. 신간 잡지가 나오는 날이면 학교 앞 문구점은 북새통을 이루곤 했다. 대부분은 자기가 좋아하는 연예인이나 스포츠 스타가 나온 잡지를 사기 위한 여고생 손님들이었다.

    당시에 유행하는 인터뷰 스타일이 있었는데 이를테면 '백문백답'이었다. 백 가지 질문에 대해 스타들이 대답하는 내용이었고, 소위 말하는 오빠 빠순이들은 그 내용을 마치 시험문제의 답안처럼 줄줄줄 외우고 다니곤 했다.

    물론 꼭 스타들만 백 가지 질문을 듣고 답하라는 법은 없다. 그래서 이런 10문 10답에서 100문 100답까지 이어지는 인터뷰는 좋아하는 친구, 이성, 펜팔친구들과 자주 나누기도 했는데, 나는 그럴 때마다 늘 난처했다. 도대체가 '가장'이라는 단어가 들어간 질문에 뭐라고 답해야

소심이 병은 아니잖아요?

할지 모르겠기 때문이었다.

예를 들면, '가장' 좋아하는 음식, '가장' 감명 깊게 읽은 책, '가장' 재미있게 본 영화, '가장' 좋아하는 색깔. 이런 것을 물어보는 질문이다. 그런 질문 때문에 나는 이 시시껄렁한 인터뷰가 괴로웠다. 물론 이것 역시 나의 지나친 소심함 때문일 수도 있다.

'가장'이라는 단어는 얼마나 사람을 설레게 하면서도 고민하게 하는 말인가 싶다. 좋아하는 음식, 재미있게 본 영화, 좋아하는 색깔을 물어보는 질문은 참 무난하다. 그런데 거기에 '가장'이라는 단어가 붙는 순간 얘기가 달라지는 것이다. 세상 가장 어려운 질문이 되고 만다.

예를 들어 좋아하는 음식을 말해보자. 나는 짜장면과 돈가스를 좋아하는 조금은 어린아이 같은 식성을 가졌다. 누가 "뭐 먹을래?" 하면 반사적으로 떠오르는 음식인데, 그렇다고 이것들을 '가장' 좋아하지는 않는다. 좋아하는 음식인 건 확실하지만, 그렇다고 '가장' 좋아하는 음식이 아닌 것도 확실한 일이다.

가장 좋아하는 영화나 책, 드라마를 묻는 말 앞에서도 나는 많이 망설인다. 만약에 내가 뭔가 정확하게 하나를 꼬집어 말하면 다른 예비 후보들이 서운해할 것 같다는 생각이 들어서다. 그래서 뭔가 하나를 꼬집어 말하지 못하겠다.

이 책은 이래서 좋았고, 이 드라마는 이 대사 하나로 인생 드라마가 되었고, 그 영화는 딱 한 장면 때문에 나를 펑펑 울게 해서 기억에 남는다. 그렇게 각기 다른 색깔과 각기 다른 좋은 이유가 있는데 그중에서 어떻게 딱 하나를, '가장'이라는 단어 때문에 꼽을 수 있단 말인가. 그러면 내가 좋아했던 다른 모든 것이 왠지 빛을 잃을 것만 같은 느낌이다.

한때 "난 00을 제일 좋아해"라고 말하는 사람이 너무 멋져 보였다. 확신에 차서 말하는 사람이 왜 그리도 있어 보이는지. 그런 사람들에 비하면 이런 사소한 질문에도 대답하지 못하는 나는 나 자신도 알지 못하는 어리석은 사람으로 느껴졌다. 그런데 이제 알 것 같다. 이 세상에 참 좋아하는 것이 많은 사람이라는 것을. 그래서 뭐, 자신 있게 좋아하는 것을 딱 꼬집어 말할 수는 없지만 대신에 행복을 느끼게 하는 것들이 많으니 그것 또한 좋은 일이다.

그래서 앞으로는 '가장'이라는 단어 앞에 '지금은'이라는 하나의 수식어를 더 붙여 보려 한다. '지금은 이 드라마가 제일 좋아', '요즘은 이 음식이 가장 좋아' 이런 식으로 말이다. 그러면 이 말에는 나 자신도 조금은 고개를 끄덕끄덕 수긍할 것만 같다.

쉽게 대답해도 되는 질문에 뭘 이리도 고민하고 정확해야 하는지 참 어이없다. 이게 정답이 있는 것도 아니고 누가 나를 진정으로 궁금해하는 것도 아닐 테니 그냥 그때 당시 딱 떠오르는 것을 얘기해도 되는 일이다. 그런데 그 사소한 문제 하나로 이렇게도 장황하게 설명하는 나라는 인간. 하지만 어쩌겠는가. 이게 내가 '가장' 싫어하는 나의 단점이자 또 나의 '가장' 큰 성격이니 말이다.

남편이 실직했다. 원래도 프리랜서로 일하는 사람이어서 일이 많
이 있을 때와 없을 때가 있지만, 이번은 다르다. 남편이 청춘을 바쳤던
곳, 15년간 일했던 곳에서 하루아침에 잘린 것이다. 아무런 이유도 없
이. 달라진 것이 있다면 정치적인 흐름과 함께 그저 제작부장이 바뀐
것뿐이다. 다만 바뀐 제작부장은 어떤 일로 인하여 남편에게 악감정을
갖고 있었는데, 이미 그건 3년 전 일이었다. 그가 제작부장이 되자마자
한 일은 일개 프리랜서 PD인 남편을 자르는 일이었다. 3년 동안 그는
칼을 갈고 있었나 보다.

프리랜서로 15년을 한결같이 일하기는 쉽지 않다. 그만큼 여러 면
에서 애정을 품고 있던 직장에서 잘린 것, 그리고 사람에 대한 배신감
때문에 남편은 많이 힘들어했다. 남편의 마음을 십분 이해하지만, 미안
하게도 나는 월급처럼 고정으로 들어오던 단 하나의 수입이 하루아침

에 없어진 것에 대한 현실적인 압박감이 더 크게 다가왔다.

번외의 일이 필요했다. 나 역시 쥐꼬리만 한 원고료를 받는 라디오 작가 일이 전부였다. 어느 정도의 수입이 되면서 현재의 일도 병행하면서 아이들까지 돌볼 수 있는 일이 뭐가 있을까. 눈이 빠지라 알바천국을 찾았고, 그때 내 눈에 띈 것은 삼계탕집 서빙 아르바이트였다. 월요일부터 금요일, 11시부터 2시까지 하루 딱 세 시간. 아이들이 학교에 가 있을 시간이니 괜찮고, 밤 프로그램이니 원고는 돌아와서부터 쓰기 시작하면 된다. 이만하면 딱이었다.

전화를 해보고 면접을 보러 갔다. 그것도 면접이라고, 또 오랜만이라고, 그리고 무엇보다 나에게는 이 일자리가 절실하다는 이유로, 조금 떨리기까지 했다. 다행히 면접은 합격이었다. 그렇게 삼계탕집 아르바이트가 시작되었다.

일 자체는 어렵지 않았다. 다만 소심한 성격이 문제였다. "어서 오세요!" 소리 높여 인사하는 것부터 언제 주문을 받으러 가야 할지, 주방에 주문을 넣는 것, 일이 끝나고 동료들과 같이 식사하는 것 등등 모든 것이 내 마음 안에서는 작은 도전들이었다.

주문을 받으러 너무 일찍 가지 않고 딱 적당한 때에 맞춰서 가기 위해 수시로 분위기를 살펴야 했고, 주방에는 혹시 주문이 누락되지 않도록 큰소리로 메뉴를 외쳐야 했다. 낯선 사람들과 식사하는 것도 불편했고, 그 불편함을 티 내고 싶지 않다는 부담감까지 더해졌다.

다행히 모든 것이 조금씩 편해졌는데 그다음 도전으로 주방 설거지가 남아 있었다. 사람의 마음은 묘하다. 그냥 '설거지'라고 생각하면

소심이 병은 아니잖아요?

되는데, 집에서도 삼시 세끼를 먹고 설거지하는데, 식당에서 돈을 벌기 위해서 다른 사람이 먹었던 그릇을 설거지할 때는 마음이 달라진다. 더구나 남편의 실직이라는 내 상황이라는 게 있다 보니, 괜히 마음이 우울해졌다.

'나는 이런 일을 할 사람이 아닌데', '이래 봬도 내 손이 글 쓰는 손이야'라는 괜한 서러움이 들기 시작하면, 그런 생각을 지우기 위해서 더욱 설거지에 집중했다. 삼계탕이 뚝배기에 나가다 보니 그 무게가 상당했는데 할 때는 몰랐다. 처음 설거지하고 난 다음 날은 손가락과 손목이 너무 아파서 노트북 자판을 두드리기가 힘들 정도였다.

그런 모든 것을 다 그렇다 치자. 정말 눈물이 나올 정도로 가장 힘들었던 순간은, 우습게도 손님이 나를 "아줌마!"라고 부르는 순간이었다. 정말 그때를 다시 떠올려도 황당하다. 나는 분명 아줌마가 맞다. 그런데 그 소리에 왜 울컥 눈물이 나올 뻔했을까.

변명해보자면, 사정이 생겨 겨우 한 달 일하고 그만뒀지만 한 달 동안 아줌마 소리를 들은 건 그때 딱 한 번이었다. 나름 아줌마 소리 들을 정도로 생기지는 않았다고 착각 또는 자부하고 있었는지도 모르겠다. 오죽하면 그 손님과 같이 왔던 일행이 "야, 어딜 봐서 아줌마냐"라고 내 마음을 대변해주기는 했다.

참 이상한 경험이다. '아줌마'라는 소리가 그렇게 눈물이 나올 정도는 분명히 아니다. 나는 무엇으로 나를 자신하고 있었던 것일까. 또 무엇으로 나를 그렇게 나락으로 밀고 있었던 것일까. 작가래 봤자 별거 아닌 사람이고, 나는 분명 직업에 귀천이 없다고 믿는 사람이다. 친한 지인이 어떻게 이 나이에 어떻게 동네 근처에서 창피하게 서빙 아르바이트를 하냐고 자기는 못한다고 할 때도 나는 정말 그녀가 한 편 한심하게 느껴졌던 사람이다. 그런데 아줌마 소리에 울 뻔하다니 나라고 다를 바 무엇인가.

게다가 남편의 실직 같은 일은 요즘 세상에서는 흔하디흔하게 벌어지는 일이다. 내가 힘들다고, 인생이 고단하다고 생색낼 일은 아니라 이거다. 그런데도 나는 여러 상황을 통해서 마치 나를 세상 가장 불행한 여자로 몰아넣고 있었다. '아줌마' 소리에 눈물이 날 정도로 소심하고 나약한 사람이라는 사실이 새삼 부끄럽다. 다시 그때를 떠올리자 나는 조금 겸손해진다. 이럴 때는 조금 더 작아져도 될 것이다.

소심이 병은 아니잖아요?

나는 자전거를 못 탔다. 불과 2년 전까지만 해도. 그런데 이제는 자전거를 타는 사람이 되었다. 내가 자전거를 배운 나이는 마흔두 살. 뭔가를 배우기에 게다가 그게 자전거라면, 더 늦은 나이인지도 모른다. 단 한 번도 생각하지 못했다. 내가 자전거를 탈 수 있는 사람이 될 거라고는.

자전거를 못 탄다는 것은 생각해보면 별일 아니지만, 또 이상하게 조금 부끄러운 고백이기도 했다. 대부분의 많은 사람은 자전거를 타니까, 대부분 다 탈 수 있을 거로 생각한다. 오죽하면 나의 친한 친구는 자전거를 못 탄다는 얘기를 듣고는 진심으로 매우 놀랐다. 무릇 사람은 기고, 걷고, 뛰고, 그다음에는 자전거를 타는 거 아니냐고 말할 정도였다. 그 친구의 이론대로 따지자면, 나는 사람으로서 발달 수준에 못 미치는 사람이라고 볼 수 있겠다.

어린 시절, 나도 남들처럼 자전거를 배우려고 시도했던 기억은 난다. 하지만, 나는 운동신경이 조금 부족한 편이고, 부모님은 시간 내어 자전거 타는 법을 가르쳐 줄 정도로 여유가 있진 않았다. 언젠가 남동생에게 자전거를 배우다가 몇 번 넘어진 다음부터는 너무 겁이 났고, 사람들의 시선이 집중되는 게 싫어서 자전거 배우기를 포기했다.

자전거를 못 탄다고 해서 크게 불편한 점은 없었다. 가끔 솔직하게 고백했을 때, 사람들이 놀라는 모습을 보고는 멋쩍게 웃거나 드라마에서 연인들이 자전거 타는 장면을 보면 '이래서 자전거를 배웠어야 하는데!' 하고 안타까워하는 게 전부였다. 조금 아쉬웠지만, 그렇다고 한탄스러울 정도도 아니었다. 생각이 바뀐 건 내 아이들이 자전거를 탈 나이가 되면서부터다.

내가 사는 신도시는 워낙 자전거 도로가 잘 만들어져 있다. 아파트 단지도 자전거 타기에 제격인 곳이라 자전거는 애어른 할 것 없이 당연한 교통수단이었다. 우리 딸도 초등학생이 되면서 당연하게 자전거에 관심을 보이기 시작했고, 그것이 나에게는 참 알 수 없는 부담감으로 작용했다.

'우리 딸만이라도 자전거를 잘 타야 하는데…', '얼른 가르쳐야 하는데…', '다른 친구들은 벌써 저렇게 쌩쌩 잘도 타는데…' 이미 일어나지 않은 일에 대한 걱정과 함께 언제 자전거 타는 법을 가르쳐 주나 하는 부담을 마음 한쪽에 짐처럼 갖고 있었다. 뭐 꼭 자전거를 아빠가 가르쳐 주라는 법은 없지만, 그래도 영화나 드라마에서처럼 '남편이 자전거를 가르쳐 줬으면…' 하고 은근 바랐고, 늘 바빠서 그런 엄두를 내지 못하는 남편을 원망하기도 했다.

　결국 내가 나설 수밖에 없었다. 하지만, 어쩌나. 나는 자전거를 못 타는 사람이었다. 자전거를 못 타니 멋지게 시범을 보여줄 수도 없고, 어떻게 해야만 빨리 배우는지 요령을 가르쳐 줄 수도 없는 노릇이다. 그저 뒤에서 잡아주면서 겁먹지 말라고, 똑바로만 가면 된다고, 발을 계속 구르라고, 그런 말밖에 할 수 없었다.

　딸은 자전거를 배우는 속도가 느렸다. 어쩌면 그건 내 기준이었는지도 모른다. 빨리 후딱 끝났으면 좋겠는데, 자전거를 붙잡아주는 일이 은근히 힘들다 보니 나 역시 자꾸 꾀가 났다. 그러니 연습하는 날은 점점 줄어들고, 정체되는 시간이 더욱 길어졌다. 그러자 덜컥 겁이 났다. 나처럼 자전거를 타지 못할까 봐.

　하지만 자전거가 어떤 운동인가. 사람의 발달 순서에 따라 기고, 걷고, 뛰고 그다음이면 할 수 있는 운동이 아니던가. 어느 날, 가족 캠핑을 간 곳에서 자전거를 대여했고, 그 한 시간 집중해서 타더니 딸은 너무도 쉽게 자전거를 배웠다. 자전거를 못 타는 엄마는 정말 너무 기특하고 신기하고 또 한 편으로는 부러워서 폭풍 칭찬을 해줬다. 그리고 둘째 녀석마저 생각보다 수월하게 자전거를 배우자, 내 마음에서도 슬쩍 나도 한 번 자전거를 타볼까 하는 마음이 들기 시작한 것이다.

　다 큰 여자가, 덩치도 산만한 여자가 비틀비틀 자전거를 타는 모습을 상상해봤다. 20대의 발랄함이 있는 것도 아니고 외모가 예쁜 것도 아니라고 생각하니 정말 이상하게 주눅이 들었다. 아마 그 옛날 내가 자전거 배우기를 포기했던 이유 역시, 주변에서 느껴지는 시선 때문이었을 것이다. 그런데 모르겠다. 나는 그때 평소의 소심함이나 다른 사람들의 시선보다 자전거를 타고 싶다는 욕구가 더 강했다. 그래서 용감하게 자전거에 올랐다.

그리고 정말 싱거울 정도로 쉽게 혼자서 자전거를 타게 되었다. 물론 아직도 여러 잔기술은 부족해서 능수능란하게 타는 정도는 전혀 안되지만, 그래도 내 발로 페달을 구르면서 얼굴을 스치는 바람을 느낄 수 있게 되었으니 이것은 정말 내가 누릴 거라고는 짐작하지 못해본 즐거움이다.

≪내 마음이 지옥일 때≫라는 책에는 이런 구절이 나온다. '시는 그 자체로 부작용 없는 치유제다. 시가 그런 치유제인 까닭을 나는 숨도 쉬지 않고 반 페이지쯤 읊어댈 수 있다. 예를 들어 누군가는 인류를 구원한 세 가지 중 하나로 시를 꼽았다. (나머지는 도서관, 자전거) 끄덕끄덕.'

자전거를 배우기 이전의 나였다면 이 멋진 말을 애써 부정하려고 애썼을 것이다. 하지만 나도 이제 격하게 *끄덕끄덕*.

2 ——————— 남들은 원래 남들에게

관
심
이

없
다

유명해지지 않겠다고
결심했다

호랑이는 죽어야만 가죽을 남길 수 있지만 사람은 죽지 않고도 이름을 남길 수 있다. 어차피 사는 세상에서 그래도 조금쯤은 이름을 알리고 싶다는 생각을 했다. 흔히 말하는 '유명세'를 느껴 보고 싶었다. 유명세 중에도 여러 가지가 있겠지만 내가 느껴 보고 싶은 것은, 모든 사람이 나를 '우쭈쭈' 예뻐하면서 '오냐~ 오냐~' 해준다는 느낌이랄까.

한 강연을 들은 적이 있다. 명성에 비해서는 개인적으로 약간 실망스러웠다. 하지만 그 자리에 모인 많은 사람은 모두 다 강사의 열렬한 팬이었나 보다. 별로 웃기지 않은 이야기에도 넘어갈 듯이 웃었고, 별로 잘 부르지 못하는 노래에도 박수를 치며 호응해줬다. 그야말로, 모두가 '넌 아무거나 해라. 우리가 다 좋아해줄게'라는 준비가 되어 있는 사람들이었다. 그 강사가 무지하게 행복할 것 같다는 생각이 들었다. 온통 내 '편'인 사람들이 모여서 초롱초롱한 눈으로 웃을 준비가, 들어

줄 준비가 되어 있는 자리. 그런 자리에서라면 나도 용기를 내서 내 이야기를 마음껏 할 수 있을 것 같았다. 그러고 보면 참 '애정'과 '인정'에 목말라 있는 사람이다.

가끔은 상상을 해본다. 아무리 생각해도 도대체 무엇으로 유명해질 지는 모르겠지만, 어쨌든 나는 유명한 사람이 되었다. 책도 쓰고 TV나 라디오 같은 방송에도 출연한다. 그런 짜릿한 기분 좋은 일이 이어지 는데, 문득 턱! 걸리는 것이 있으니 과거의 인연들이다. 정말 갑자기 과 거의 내가 떠오르면서 함께했던 사람들이 떠올랐다. 그들이 유명해진 나를 보고 '쟤 저 정도 아니야. 저거 순 가식이야'라고 말하면 어쩌지? 가슴이 두근거렸다.

이어져 온 인연보다 끊어진 인연이 더 많다. 자연스럽게 끊어진 인 연들도 있지만, 어떤 사건으로 좋지 못하게 끊어진 인연도 있다. 또 혹 시 모르는 일이다. 나는 비교적 괜찮은 인연으로 기억하고 있지만, 그 에게도 그럴지 어째 살수록 자신이 없어진다. 과거는 팩트 자체가 아 니라 사람의 기억에 따라 존재하기 마련이니까.

몇몇 연예인들에게도 과거가 발목을 잡는 경우가 종종 발생한다. 학창시절 다른 친구와의 관계, 유명하지 않았을 때 막 던진 말이나 글, 술 취해서 한 행동들. 생각지도 못했던 그들의 행동은 다른 사람들에 게는 상처가 되었고, 정작 본인은 잊고 있었지만 유명해지는 순간 만 천하에 드러나는 것이다. 그들을 옹호하려는 것은 아니다. 다만, 과거 의 그 사람이 현재의 그 사람이라고 함부로 단정 지어서는 안 된다는 생각이다.

친하게 지내던 고등학교 동창들 사이에서 친구의 남자친구를 뺏으려고 한 나쁜 년으로 낙인찍힌 적이 있었다. 지금도 맹세하건대 그럴 마음이 추호도 없었다. 하지만 나의 어떤 행동은 오해를 샀고, 이미 친구들끼리는 '어머, 그럴 수가!' 서로 전해 들은 뒷말들을 맞춰가면서 나를 단정 지었다. 아무리 전화를 해도 받지 않았고, 아무리 상황을 설명해도 들어주지 않았다. 그렇게 끝나버렸다. 친구의 남자친구를 뺏으려고 한 나쁜 년으로. 그들의 기억 속 나의 마지막 모습은 그것이었다.

많이 아팠고 지금도 아프다. 무엇보다 가장 마음 아픈 건 수많은 억측 속에서도 '그래, 어디 네 말 한 번 들어보자'라고 말하는 친구가 한 명도 없었다는 것. 그런 신뢰관계를 만들지 못했다는 사실이다. 분명 오해의 여지를 둔 행동을 한 것은 내가 맞다. 하지만 다른 사람들에게 들은 말이 아니라, 당사자인 나에게 듣고 서로 이야기를 나눴다면 어쩌면 풀렸을지도 모를 일이다. 그땐 그러지 못했다. 친구도 상처 입었고 나도 상처 입었다. 어느 날, 텔레비전에 나온 나를 보고 그들은 그 과거의 나를 떠올릴 것이다. 이미 20년이 지난 일인데도 불구하고.

생각해보니 어디 그들뿐인가 싶다. 너무 좋아하는 친구였는데, 나는 빼고 다른 친구랑 몰래 만난다는 유치한 이유로 대판 싸운 적도 있고, 한 동네 엄마가 잘난 척하는 것이 너무 꼴 보기 싫어서 다른 엄마들과 쑥덕쑥덕 그녀를 안주 삼아 씹은 적도 있다. 과거의 내가 상처 준 사람들이 하나둘 떠오르니 이거 아무래도 안 되겠다. 그냥 유명해지지 않고 이렇게 조용히 사는 편이 훨씬 더 나을 것 같다.

다만, 나는 내가 받은 상처는 잘 잊는 사람이다. 어쩌면 그래서 먼

소심이 병은 아니잖아요?

훗날 만났을 때, 과거는 까맣게 잊고 푼수 없이 반가워할 지도 모를 일이다. 그래도 별로 억울해하지는 않을 거다. 나 역시 누군가가 그렇게 나를 반가워해 준다면 좋을 테니까.

법정 스님은 말씀하셨다. "인간은 강물처럼 흐르는 존재다. 그래서 함부로 남을 판단할 수 없고 심판할 수가 없다. 우리가 누군가에 대해서 비난을 하고 판단을 한다는 것은 한 달 전이나 두 달 또는 며칠 전의 낡은 자로서 현재의 그 사람을 재려고 하는 것과 같다. 그 사람의 내부에서 어떤 변화가 일어나는지는 아무도 모른다. 그래서 타인에 대한 비난은 늘 잘못된 것이기 일쑤다. 우리가 어떤 판단을 내렸을 때 그는 이미 딴사람이 되어 있을 수 있다."

내 안의 변화를 그들은 모르지만 나는 안다. 그들의 기억 속, 내가 어떤 모습으로 존재하든, 나는 어제보다 늘 더 나은 사람이 되어야겠다. 과거의 나는 부족했지만 스스로 괜찮은 사람이 되었다 싶을 때까지, 유명해지는 일은 못 하는 게 아니라 내가 안 하는 거로! 그렇게 결론지어야겠다.

나는 늘 유행에 한창 뒤지는 사람이었다. 대학교에 다니던 90년대 중반에는 EASTPAK이 한창 유행이었는데, 저 포댓자루 같은 가방을 왜 메고 다니는지 도무지 이해할 수가 없었다. 게다가 그 모양새와는 달리 가격은 또 왜 그렇게 비싼지, 그 가방을 메고 다니는 사람들이 한심하게 보일 정도였다. 4년 후인가, 갑자기 그 가방에 꽂혀 버렸다. 허접하다고 생각했던 디자인이 너무도 캐주얼하고 자연스럽게 느껴지기 시작하면서 정장에도 캐주얼에도 어울릴 것 같은 그 가방이 꼭 필요해졌다. 뒤늦게 온 매장을 돌아다녔지만, 내가 찾는 것은 초창기 모델이었기 때문에 어느 곳에서도 살 수 없었다. 딱 그 가방이어야 했다. 다른 것은 성에 차지 않았다. 가방을 같이 사러 돌아다니던 친구는 결국 "왜 항상 그렇게 뒷북을 치냐"며 구박했다.

스마트폰을 그렇게도 오래 썼으면서 배달앱을 알게 된 건 겨우 1년 전이다. 그 전까지는 쿠폰책자의 책장을 열심히 넘기고 전화를 걸어서 음식을 주문하곤 했다. 그러다 우연히 받게 된 할인쿠폰 덕에 배달앱으로 처음 주문을 하는 순간, 나는 '유레카'를 외치고 싶을 정도였다. 이것은 나 같은 소심러에게는 어메이징 그 자체였다.

전화를 걸어 음식을 주문하는 그 별거 아닌 일도 나에게는 참 힘들었다. 안다. 참 인생 힘들게 산다. 그나마 나이가 들면서 어느 정도 나아지긴 했지만, 전화하기 전 머릿속으로 대사를 다 생각한 다음에야 전화를 걸어서 딱 필요한 말만 하고 끊곤 했다. 가끔 신랑이 세트메뉴 중 깐풍기를 탕수육으로 바꿔 달라던가, 이런 식의 어떤 변경사항을 요청하면 그때부터는 갑자기 스트레스를 받는다. 그럴 거면 자기가 주문하라고 괜히 성을 내곤 했다. 전화 주문조차 하지 못하는 소심함을 들키고 싶지 않았다.

그런데 세상에! 스마트폰 속 배달앱은 바로 날 위해 준비된 것만 같았다. 굳이 이것저것 시나리오를 준비해서 말하지 않아도 된다. 친절하게 모든 메뉴가 적혀 있고, 변경할 수 있는 메뉴는 따로 변경할 수 있도록 해놓았다. 게다가 '젓가락 안 주셔도 돼요'라는 말을 못하는 나를 위해 일회용품을 안 받겠다는 체크도 할 수 있다. 그것도 모자라 마지막에는 사장님에게 요청사항을 적을 수 있도록 해놓았으니, 이 꼼꼼하고 세심한 배려는 놀라울 따름이다. 전화로라면 절대 하지 못했을 말 '상추 대신 깻잎을 더 많이 주세요'라든가 '탕수육을 조금 더 바싹 튀겨주세요' 이런 말을 쓰면서 나는 행복했다. 우리는 정녕 '배달의 민족'이었던 것이다!

왜 배달 음식을 주문하기 위한 전화마저 이렇게 스트레스일까 생각해봤다. 나는 은근히 완벽주의 성향을 갖추고 있는 사람이다. 정말 우스운 건 스스로에게는 전혀 그렇게 완벽을 기하지 않으면서 다른 사람들에게는 완벽하게 보이고 싶어 한다는 마음이다. 그래서 겨우 1분의 전화통화를 하더라도 완벽하게 주문을 마치고 싶었다. 마치 처음 고급 레스토랑에 가서 코스 메뉴를 주문할 때의 비장한 마음마저 든다. 그러면서도 까다로운 사람처럼 보이고 싶지 않다는 마음까지 더해졌다. 그냥 있는 그대로 주문하면 될 것이지 뭔가 말 한마디를 더 보태는 것이 그 사람을 불편하게 하고 짜증 나게 하는 일이라고 생각했다. 나는 고객으로서 내 권리도 당당히 요구하지 못했다. 가끔은 크게 마음먹고 요구사항을 말하기도 하지만, 그렇게는 안 된다면서 거절이 돌아올 때도 있다. '그럴 수도 있지'라면서 거절을 담담하게 받아들이는 일이 나에게는 너무 어려웠다. 한 번 거절당하고 나면 다른 음식점에는 아예 요청을 하지 않는 쪽으로 결정하곤 했다.

고치고 싶었다. 하지만 언제나 그렇듯 마음먹는다고 쉽게 고칠 수 있는 것은 아니다. 그런 나에게 구세주처럼 스마트폰 배달앱이 나타났으니, 덕분에 내 인생은 조금 더 가벼워질 수 있었다.

마음껏 음식을 고르고, 내 마음대로 메뉴도 변경한다. 요청사항이 있으면 당당하게 남긴다. 그렇게 주문완료. 내 입맛에 딱 맞는 음식을 받아들면 행복해진다. 당당하게 내가 원하는 것을 말하면, 현실 세계 속에서도 나는 조금 더 행복해질 수 있을까. 궁금해졌다.

소심이 병은 아니잖아요?

다음아 다음아 내 글을
메인에서 내려놓아라

영화 속 누구와는 달리 계획이 없다. 브런치*를 시작할 때도 그랬다. 딱히 기획력이나 분석력이 있는 사람도 아니고 트렌드를 읽는 눈 같은 것은 더더욱 없다. 그저 이제껏 써 온 다른 사람의 인생 이야기 말고, 다른 사람의 입을 빌려 방송에 나간 글 말고, 내 이야기를 내 목소리로 하고 싶었던 소심한 글쟁이일 뿐이다. 그러니 몇 편의 글이 계속해서 다음 메인에 오른 것은 순전히 운이고 우연이었다.

이효리 방귀 얘기가 그렇다. '소심한 글쟁이'로서 살아온 나의 일생에 관한 첫 이야기의 소재로 삼았다. 나에게는 너무나 강렬한 기억이었고 오죽했으면 20년이 되도록 그 이야기를 잊지 않았을까. 그 마음

---

* 브런치: 글쓰기에 최적화된 인터넷 플랫폼으로 여기에 글을 올리기 위해서는 작가 승인 심사에 합격해야 한다. 글쓰기에 관심있는 사람들 사이에서는 꼭 거쳐야 할 관문처럼 여겨진다

을 담아서 쓴 글이 다음 메인에 오르더니 조회 수가 무섭게 오르기 시작했다.

처음엔 신기하고 반갑고 고마웠다. 돌아서면 조회 수가 천씩 올라가고 브런치에 들어갈 때면 언제나 하늘색 점이 반겨줬다. 아무도 읽지 않는 글을 쓸 때의 외로움이 사르르 녹아드는 것 같았다. 내가 쓴 글을 2만 명이 넘게 읽어주다니. 그 수치가 짐작되지 않아서 감격스러웠다. 댓글이 달리기 전까지는.

딱히 악플이라고 할 수도 없는 내용이었다. 그런데도 댓글을 보는 순간, 가슴이 쿵 하고 내려앉았다. 정말 잘하면 울 수도 있을 것 같아서 그러면 그건 너무 부끄러울 거 같아서 꾹 참았다. 이렇게도 소심한 나라는 사람이라니. 그 이후로는 반갑던 하늘색 점이 반갑지 않았다. 하늘색 점이 있으면 우선 바짝 긴장부터 하게 되었다. 그 긴장감이 너무도 견디기 힘들어서 '다음아, 제발 메인에서 내려줘, 제발' 마음속으로 빌었다.

조회 수가 1시간 간격으로 올라가는 것이 신기해서 계속 스크린샷을 찍을 때가 있었다. 브런치 독자와 사랑에 빠졌다는 생각마저 들었다. '이런 사람도 있으니 힘내요' 위로하고 싶어서 쓴 글인데 오히려 나를 위로해주는 댓글에 진심으로 마음이 찡~하기도 했다. 그 천국 같던 브런치 세상은 기쁨이 아닌 두려움이 되었다. 악플이라고 말하기에도 한참 부족한 댓글 몇 개 때문에.

인생에서 기쁨은 혼자 오는 법이 없다. 늘 짝꿍 하나를 꼭 데려온다. 때로는 두려움, 때로는 걱정, 때로는 불안이라는 이름의 녀석들. 그

소심이 병은 아니잖아요?

렇게도 고대하던 취업을 하고 나면, 낯선 직장에 적응해야 하는 두려움, 업무에 대한 걱정도 함께 따라온다. 바라고 바라던 사람과 사귀게 되어도 서로 맞춰가는 과정, 혹시 모를 헤어짐에 대해서도 걱정해야 한다. 세상에 완벽한 기쁨은 없다. 허나 다행스러운 것은 어느 쪽에 더 중점을 둘 것인가 내가 결정할 수 있다는 사실이다.

초등학생이 된 아들은 자주 울었다. 별거 아닌 일에 쉽게 눈물을 보이는 것이 걱정되고 짜증도 났지만, 최대한 아이의 입장에 서서 이해해주려고 노력했다. 아홉 살이던 어느 날은 친구가 심한 말을 했다면서 꺼이꺼이 서럽게 울었다. 잠시 울음이 잦아들고 들어봤더니, 이건 아무리 너그럽게 생각해도 그렇게 울 정도의 일은 아니었다. 마음이 강한 아이가 되면 좋겠다는 엄마의 마음을 아홉 살 아들에게 어떻게 쉽게 설명할까….

"범아. 만약에 달걀이 이 식탁에서 떨어지면 어떻게 돼?"

"깨져요."

"그럼 만약 사과가 떨어지면 어떻게 될까?"

"굴러가요."

"그래, 맞아. 사과는 굴러갈 거야. 어쩌면 조금 멍든 부분이 생길 수도 있겠지. 하지만 달걀처럼 깨지지는 않을 거야. 그럼 이건 식탁의 문제는 아니지 않을까? 똑같은 식탁에서 떨어져도 달걀은 깨지지만 사과는 깨지지 않아. 엄마는 범이가 사과 같은 사람이 되었으면 좋겠어."

왜 그때 사과와 달걀이 생각났는지 모른다. 아홉 살 아들은 엄마의 마음을 이해했을까. 아이는 여전히 울음이 가득한 얼굴로도 고개를 끄덕였다.

　나는 상처가 많은 사람이다. 그동안은 세상이 나에게 상처를 줬다고 생각했다. 하지만 나는 이제 안다. 나는 언제나 상처받을 준비가 되어 있는 사람이었다는 것을. 세상이 상처를 주지 않았는데, 나는 혼자 상처를 받고 있었다. 글을 쓰는 기쁨을 계속 갖고 가기 위해서는 나는 이제 상처받는 일을 중단해야 한다. 세상에는 많고 많은 사람이 있고, 모두가 나랑 똑같은 생각을 하지 않으며, 내가 글로 나를 표현하는 것처럼 그들 역시 자기 생각을 글로 표현할 수 있다는 사실을 인정해야 한다. 다른 사람과 소통하는 두려움을 극복해야만 계속해서 글 쓰는 기쁨 속에서 살 수 있을 것이다.

　아무래도 나는 이제 조금 단단해져야겠다. 멍들지언정 깨지지는 않도록.

"수영을 너처럼 오래 배우고도 너처럼 못하는 사람은 처음 본다."

날 가르치던 수영강사가 한 말이다.

스무 살 중후반에 1년 넘게 수영을 배운 적이 있다. 출근하기 전, 아침 7시에 수영강습을 받고 출근했기 때문에 웬만해서 빠지는 일이 없었다. 일주일에 5일, 1년 넘게 수영장에 다니다 보니 수영강사들과도 꽤 친해진 터였다. 마침 같은 대학교 출신에 나이도 같은 수영강사에게 배우게 됐는데 며칠 되지도 않아 이런 말을 던진 것이다. 자존심이 상했지만 사실이었다.

1년 넘게 수영을 배워도 실력이 늘지 않은 이유는 있다. 내 나름대로는 폐활량이 적다는 둥 원래 운동신경이 없다는 둥 여러 핑계를 대 봤지만, 가장 확실한 이유는 열심히 하지 않았기 때문이다.

소심한 사람들은 대부분 관찰력이 좋다. 사실 좋게 말하면 관찰력이지만, 워낙 다른 사람들의 눈치를 보고 신경을 쓰다 보니, 굳이 몰라도 되는 것들을 알게 된다고 하는 편이 정확하겠다. 수영할 때도 그랬다. 나는 웃기게도 하필이면 수영하는 사람들의 얼굴에 신경이 꽂혀버렸다.

자유형을 할 때면 고개를 옆으로 돌리고 숨을 쉬어야 하는데, 유독 입을 쩍 벌린다거나 입술이 펭귄 입처럼 툭 튀어나와서 비뚤어지는 사람들이 있다. 초보일 때는 더 하고 그것이 아예 습관처럼 굳어지는 경우도 있는데, 그런 사람들을 볼 때마다 자꾸 걱정되는 것이다. '내 입도 저 모양이면 어떡하지?'

자유형을 할 때마다 유리창 너머 관람석에서 보고 있는 사람들이 신경 쓰이기 시작했다. 아무도 날 안 본다고 믿고 싶었지만 난 그럴 수 있는 사람이 아니다. 수영을 하면서 숨쉬기도 벅차 죽겠는데 최대한 예쁜 입 모양으로 숨을 쉬려고 고개를 돌린다. 숨이 제대로 쉬어질 리가 없다. 그렇게 몇 번 그저 고개를 돌렸을 뿐, 숨을 쉰 채 만 채 하다 보면 25미터도 가지 못한 채 레인 중간에서 멈춰버리고 마는 것이다.

평영은 더하다. 팔 동작을 배울 때는 수영강사의 얼굴이 바로 코앞에 있는데, 물에 들어갔다가 숨을 쉬려고 "돠" 하고 나올 때의 표정이 수강생 열이면 열 가히 아름답지 않았다. 강사의 코앞에서 그런 못난이 표정을 보이고 싶지 않았다. 숨은 쉬어야겠고 못난 표정은 짓지 않아야 하고, 정신이 그렇게 딴 데 팔렸으니 제대로 동작을 배웠을 리가 없는 것이다. 얼렁뚱땅 레인 끝에 도착할 때쯤이면 자기 차례를 기다리는 수강생들이 내 얼굴을 볼 것 같다는 생각에 그들이 신경 쓰여서

소심이 병은 아니잖아요?

대충 마무리하곤 했다. 이러니 1년을 배운들 수영 실력이 늘 리가 있을까. 도대체 '뭣이 중헌디?' 나도 나에게 묻고 싶었다.

한때 김연아 선수의 굴욕 표정 사진이 인터넷에 나돌았다. 더블 악셀이나 트리플 러츠 등의 고난도 동작을 할 때의 표정을 순간포착으로 담아낸 사진들. 굳이 그 표정을 잡아낸 사람들이 심술궂다 싶었는데, 어쩌나 그들의 의도와는 달리 김연아 선수의 표정은 전혀 굴욕스럽지 않았다. 오히려 아름다웠다. 뭔가에 집중해서 최선을 다하는 사람의 아름다움이 거기에 담겨 있었다. 만약 김연아 선수가 내가 카메라에 어떻게 찍힐지, 슬로우모션에서 내 얼굴이 어떻게 보일지, 혹시 굴욕 사진이 찍히지는 않을지 신경 썼다면 그런 고난도의 동작을 해낼 수 있었을까?! 김연아 선수야 이런 말도 안 되는 상상 같은 것은 하지 않겠지만, 나는 이런 엉뚱한 생각에 빠져 정작 중요한 것을 놓쳤을 것이다.

다른 사람들에게 집중적인 관심을 받는 유명인도 아니면서 남에게 내 얼굴이 어떻게 보일지가 왜 그렇게 신경 쓰였는지 모른다. 그때는 나름 외모에 한창 신경 쓰던 20대여서 그런 줄 알았는데, 바로 몇 달 전 수영을 다시 시작할 때도 역시 그런 걸 보니 아무래도 나이 때문은 아닌가 보다. 나이 마흔이 훌쩍 넘어서도 여전히 표정 때문에 수영을 제대로 못 하는 이 한심함이라니.

만약 어느 날 물에 빠지는 사고라도 당한다면 그때야 비로소 이 죽일 놈의 소심함을 탓하면서 익사하는 건 아닌지 모르겠다.

남편이 나와 연애를 하면서 가장 힘들어했던 일은 우습게도 트림이었다. (트림: 호흡 및 식이 중 위로 섭취된 과다한 공기가 식도로 역류하여 배출되는 현상)

이것은 말 그대로 생리 현상이며 자연스러운 현상이다. 그런데도 난 트림이 그렇게도 싫었다. 내가 너무 칠색 팔색하니, 남편은 연애할 때나 지금이나 들리지 않게 작게 트림을 하기 위해서 애쓰곤 했다. 특히 함께 술을 자주 마셨던 터라 맥주를 마시고 난 다음이 그렇게도 고역이었다고 한다.

나는 사람을 좋아하게 되는 이유만큼 싫어하는 이유도 굉장히 단순했는데, 중학교 때는 한 친구가 쩝쩝거리면서 음식을 먹는다는 이유로 그렇게도 미워했다. 친한 친구였다. 평상시에는 너무나 좋았지만 같이 밥을 먹으면 쩝쩝거리는 그 소리 때문에 온 신경이 거기에 쏠렸다.

그 순간만큼은 세상에 오직 그 소리만 존재하는 것처럼 크게 들렸고, 조금 과장해서는 살인 충동을 느낄 정도로 미웠다. 밥을 다 먹고 나면 언제 그랬냐는 듯 그 감정이 싹 사라졌지만 말이다.

나의 이런 조금은 유별난 면을 잘 알고 있는 남편은, 첫째 아들이 트림할 때마다 '트림하지 마. 엄마가 싫어해~'라든가 '엄마한테 사랑받고 싶으면 어떻게 해야 하는지 알아? 트림을 안 해야 돼'라고 말하곤 했다. 농담 반, 진담 반. 아마 자신의 고충을 더해서 하는 말일 거다. 그럴 때마다 내가 하지 말라는 눈짓을 줬지만, 일부러 인지 정말 몰라서인지 남편의 그 잔소리는 몇 번이고 계속됐다.

아들이 그 말을 듣기 싫어하는 건 짐작은 하고 있었다. 그런데 어느 날, 누나와 동생과 이런저런 수다를 떨던 녀석이 갑자기 말하는 거다.

"나는 아빠가 언제 싫은지 알아? 자꾸 트림하지 말라고 할 때. 아니, 트림을 어떻게 안 해?"

아이들의 그 대화를 엿들으면서 설핏 웃음이 나는 한편, 이 녀석이 그 말에 얼마나 스트레스를 받았나 싶어서 미안하기도 했다.

얼마 전에 그 '트림'이 또 한 번 화제에 올랐다. 밥을 먹고 난 아들녀석이 크~게 트림을 했고, 옆에 있던 누나가 '아우, 범아!' 하면서 구박을 했던 거다. 아들은 지지 않고 대들었다.

"트림이 나오는 걸 어떡해?"

옆에 있던 나도 껴들었다.

"범아. 트림이 나와도 '꺼억~!' 하고 하는 거랑 조금 참으면서 작게 하는 거랑은 다르지 않아? 트림하지 말라는 게 아니고, 좀 참으면서 예의를 차리면서 하라는 거지. 방귀 뀔 때도 마찬가지야. '뿌악!' 하고 대놓고 뀌는 거랑 조금 조절하면서 하는 건 달라. 방귀도 조절할 수 있거든?"

아이들은 내가 조금 오버해서 흉내 내는 트림 소리와 방귀 소리에 자지러지게 웃었다. 그런데 이상하다? 아이들에게 말은 분명히 그렇게 하면서 순간, 갑자기 '아니?! 이왕 하는 걸 뭘 그렇게 참으면서 해? 그냥 시원~하게 하면 되지'라는 생각이 난생처음 든 것이다.

그나마 가족들하고 있을 때만이라도 시원하게 내질러야지 안 그러면 답답해서 어떻게 살아? 가만? 그러고 보니 다른 사람들하고 있을 때도 하면 좀 어때? 그게 예절이라고 어디 적혀 있는 것도 아니잖아? 갑자기 생각이 이렇게까지 이어졌다.

지금은 많이 나아졌지만, 나는 한때 맞춤법으로 사람을 판단하곤 했었다. 맞춤법 틀리는 것이 무슨 엄청난 무식함의 증거라고 믿었던 것이다. 오죽하면 중학교 시절 교과서에서도 맞춤법이 틀린 것을 발견해서 선생님을 깜짝 놀라게 한 적도 있다. 그 습관은 어디 가지 않아서 어떤 작가의 글을 읽다가도 맞춤법 오류를 발견하면 갑자기 그 사람에 대한 신뢰도가 확 깨져 버리곤 했다. 종종 일 때문에 의사나 변호사, 박사 같은 분들과 메일을 주고받을 때도 있는데, 거기에서 틀린 맞춤법을 발견하면 갑자기 '아니, 무슨 의사씩이나 되면서 맞춤법을 틀려~'라고 나도 모르게 경멸하는 마음이 생겼다.

이 나쁜 습관은 아주 예상치 못한 데서 깨졌는데, 내 사랑 '무한도전'을 볼 때였다. 하하는 멤버들 중에도 '무식함의 대명사'처럼 여겨지

소심이 병은 아니잖아요?

곤 했는데, 뭔가 굉장히 쉬운 맞춤법을 틀렸다. 멤버들은 언제나처럼 그런 하하를 놀리기 시작했고 하하는 '아니, 맞춤법 모르면 무식한 거야? 꼭 그런 거야?'라면서 나름 극렬하게 저항했다. 그런데 그 하하의 한 마디가 내 뒤통수를 친 거다. 맞춤법 좀 모르면 무식한 건가?

맞춤법은 맞춤법일 뿐이다. 따지고 보면 틀릴 수도 있는 거고, 사람에 따라 유독 맞춤법에 강한 사람 약한 사람이 있기 마련이다. 맞춤법을 틀렸다고 무식하다고 장담할 수는 없다. 나는 맞춤법을 꽤 많이 정확하게 알지만 똑똑하지도 않다. 그 한마디 말 때문에 나는 '맞춤법'으로 사람을 판단하는 나쁜 버릇을 조금 고칠 수 있었다.

이번에는 트림을 고쳐야 할 때인가 보다. 트림을 하는 사람은 지저분하고 예의 없는 사람이라는 편견은 어디에서 온 것인가 싶다. 이왕 안 하면 좋겠지만 뭐 그렇다고 세상이 무너질 정도의 큰일은 아니지 않을까?

아직 어린 아들에게 트림을 하니 마니, 참으면서 하니, 이런 얘기들은 너무 어렵다. 세월이 지나서 나이가 들고 눈치가 생기다 보면, 사회적 분위기를 읽을 수 있는 때가 오겠지. 그때까지만이라도 할 때만큼은 시원하게 하도록 엄마는 말을 아껴두어야겠다.

넌 세상의 주인공이야.
단 너의 세상에서만

나는 정말로, 세상의 모든 사람이 나를 보고 있다고 믿었다. 정말이다. 그러니 그 어디에서도 자연스러울 수가 없었다. 버스나 지하철에서 빈 좌석을 발견했을 때도 허겁지겁 가는 모습을 보이고 싶지 않아서 최대한 느리고 우아하게 걸어갔다. 그러다 성급하고 우악스러운 아줌마들에게 자리를 뺏기는 일도 허다했다. 그래도 괜찮았다. 허둥지둥 자리를 찾으러 가는 모습을 보이는 것보다 우아하게 서서 가는 것이 훨씬 더 마음이 편했다. 누군가가 나를 보고 있을 거라는 생각에 다리가 아픈 것도 참았다. 그게 그동안 세상을 살아온 내 방식이었다.

어쩌면 나는 '네가 세상의 주인공이야'라는 말을 너무 철석같이 믿었는지도 모른다. 드라마 속 주인공의 일거수일투족을 우리가 지켜보는 것처럼, 세상의 주인공인 나도 누군가 그렇게 지켜볼 거로 생각했다. 세상은 나를 중심으로 돌아가니까 내가 그만큼 중요한 사람이라고

소심이 병은 아니잖아요?

믿었다. 그런데 이상하다. 그렇게 생각하면 할수록 나는 당당해지기보다는 오히려 위축됐고, 세상 사람들이 나를 그다지 중요하게 생각하지 않는다는 것에 실망했다. 나는 세상의 주인공이야! 이런 대접을 받을 사람이 아니라고!

대학생 시절, 친구들과 함께 커피숍에서 한참 수다를 떨다 나왔다. 시내 번화가를 걷고 있는데 '저기요~!' 하면서 어떤 여자가 어깨를 툭 친다. 수줍게 건네는 쪽지 한 장. 그 찰나의 순간에 나는 잠시 상상했다. '어떤 남자가 차마 부끄러워서 전해주지 못하고 친구를 통해서 대신 쪽지를 전하게 했구나. 여기에는 아마 만나고 싶다는 내용과 함께 자기 전화번호가 적혀 있겠지?' 그 짧은 순간에 어쩜 그렇게 긴 상상의 나래를 펼 수 있을까. 약간 거만해지기까지 하면서 쪽지를 펴든 순간, 세상이 무너지는 줄 알았다.

'저기, 바지에 생리혈 묻었어요. 말로는 할 수 없어서 쪽지에 써요.'

휘갈겨 쓴 글씨가 꿈 같았다. 얼른 정신을 차렸다. 그때 나는 분명 생리 중이었고, 한참을 꼼짝도 안 하고 커피숍에 앉아서 수다를 떨면서 살짝 불안하기도 했다. 그러니 이 거짓말 같은 쪽지는 사실이다!

다행히 긴 셔츠를 바지 속에 넣어 입었던 참이었다. 친구들이 눈치채지 못하게 우선 바지 속에 넣었던 셔츠를 슬쩍슬쩍 빼내 엉덩이를 가렸다. 제발 가려지길 바라면서. 그다음부터는 모든 행동이 부자연스러워진다. 친구들에게 도움을 청하기에는 나는 너무 소심했다. 급하게 화장실로 가서는 아무도 없을 때 뒷모습을 비춰봤더니 정말로 바지에 생리혈이 묻어 있었다. 셔츠로 가려진다는 게 그나마 불행 중 다행이었다. 친구들에게 이 핑계 저 핑계를 대고 먼저 집으로 가는데, 버스를 타고 집으로 가는 그 길이 천리만리처럼 느껴졌다. 너무 수치스러워서 딱 죽고 싶은 마음이었다. 20년이 넘게 지난 일이지만 지금도 누구에게도 털어놓지 않았을 정도로 창피한 기억이다.

그때 그 거리에서 날 본 사람들은 날 기억하고 있을까? 쪽지를 전해줬던 그 고마운 여자는 내 얼굴을 기억하고 있을까? 혹시라도 지금 나를 본다면 '어?! 그때 시내에서 바지에 생리혈 묻었는지도 모르고 신나게 돌아다니던 그 여자 맞죠?' 하고 나를 알아볼까? 설마, 그런 일은 절대 일어나지 않을 것이다. 내가 길거리에서 어떤 식으로든 인연이 닿아서 스쳐 지나간 사람을 기억하지 못하듯, 그들 역시 나를 기억하지 못할 것이다. (그렇게 믿고 싶은 마음도 크다.) 그런데도 20년 전의 수치스러운 기억에 붙들려 있다면 그건 분명 내 손해다.

'세상의 주인공은 나야'라는 생각은 나에게는 자신감보다는 소심함을 더 심어주었다. 남들의 시선을 의식하느라 오히려 의기소침해졌다. 그래서 아이들에게는 꼭 한 마디 덧붙여서 말해준다.

"너는 세상의 주인공이야. 단 너의 세상에서만"

이렇게 생각하니까 세상을 사는 일이 훨씬 더 편해진다. 저기 길을 걷는 수많은 사람 모두 자기 세상의 주인공이다. 다른 주인공의 세상에서는 스쳐 지나가는 행인 1, 2일 지도 모른다. 다들 자기가 주인공인 세상에서 사느라 행인 1, 2 정도는 신경 쓰지 않고 산다. 길거리에서 누가 춤을 추든, 계절에 안 맞는 옷을 입고 다니든, 예쁘게 차려입고 뽐내며 걷다가 벌러덩 넘어지든. 그들의 기억 속에서는 이미 사라졌을 일이다. 설사 기억한다 한들 또 어떠리. 내가 그들에게 피해를 준 게 아니라면 괜찮다. 그러니, 나는 내가 주인공인 내 세상에서는 조금 더 자유로워져도 좋을 것이다.

남들은 생각보다
나에게 관심이 없다

심심할 때면 카톡에서 친구의 프로필을 쭈욱 훑어보는 취미가 있다. 별다른 SNS를 안 하며 살다 보니 내 나름대로는 지인들의 소식을 알 수 있는 하나의 창구이고, 종종 바뀌는 프로필 사진이나 문구를 보는 일이 쏠쏠한 재미가 있기 때문이다.

그렇게 카톡 프로필을 쫙 훑다가 '너 인생 그렇게 살지 마!'라는 문구가 눈에 뜨인다. 그러면 그때부터 가슴이 콩닥콩닥 뛰기 시작한다. '내가 뭘 잘못했나?'라는 생각과 함께. 떨리는 마음 부여잡고 그 문구를 써놓은 주인공을 보면, 방송 촬영 때문에 몇 번 통화했던 출연자다. 그가 나에게 이런 말을 할 리는 전혀 없는 관계니, 나를 겨냥한 말은 아니다. 조금 마음이 놓이긴 하지만 그런데도 한 번 두근대기 시작한 가슴은 쉽사리 진정되질 않는다.

그나마 이렇게 관계가 확실한 사람이라면 짧은 시간에 정리되지만,

조금 친한 관계의 사람이라면, 그때부터는 머릿속이 복잡해지기 시작한다.

'누구한테 하는 말이지? 설마 나한테 하는 말인가? 내가 뭐 잘못한 거 있나? 가만있어보자~ 저번에 혹시 전화한다고 해놓고서 안 해서 그런가? 언젠가 한 번 나한테 너무 연락이 안 된다고 하더니, 그거랑 상관이 있는 건가? 아니야. 얼마 전에 회사에서 무슨 일 있었다고 했잖아. 그 사람한테 하는 말인가?'

이미 한참 지나고도 남았을 일까지 애써 떠올리는 건 물론이고, 그 사람의 인간관계까지 다시 되짚어 보면서 한 편의 장편소설을 쓰고 있는 나를 발견한다. 가끔은 그 호기심을 참지 못해 슬쩍 카톡으로 말을 걸어 놓고, 상대방이 반가워하는 것을 확인하고 나서야 마음을 놓기도 했다.

우리가 가장 소심해지는 상황은 바로 이렇게 누군가와 연결되어 있을 때가 아닐까 싶다. 내 마음도 모르는 경우가 허다한데 다른 사람의 마음을 어떻게 알 수 있을까. 결코 알 수 없고 그래서 더욱 알고 싶어지는 누군가의 마음 앞에서 우리는 자꾸 작아진다.

한창 싸이월드가 유행하던 시절, 거기에는 수많은 연인의 만남과 사랑과 헤어짐이 담겨 있었다. 헤어진 연인을 잊지 못해 몰래 그의 미니홈피를 방문했다가 대문에 써놓은 말에 괜히 마음이 흔들린다. 하필 배경 음악이 '다시 태어나도'나 '친구라도 될 걸 그랬어' 이런 노래면 그때부터는 혼자만의 번뇌에 빠지게 된다.

결국 친구를 붙잡고 '이 말이 나한테 하는 말 같지 않아? 이 노래나 들으라고 걸어놓은 거 같지? 다시 만나고 싶다는 뜻 아닐까?' 이렇게 있는 주접 없는 주접을 다 떨게 되는 것이다. 물론 실제 그런 경우도 있었지만 알고 봤더니 새로 사귄 여자 친구가 좋아하는 노래라서 그 음악을 고른 생각 없는 남자도 있었다.

어쩌면 우리는 누군가에게 중요한 사람이 되고 싶은 마음을 조금쯤은 가졌는지도 모르겠다. 누군가의 말 한마디에도 '혹시 내 얘기 아니야?' 하고 마음이 철렁 내려앉거나 가슴이 뛰는 건 적어도 누군가에게 내가 그렇게 지대한 영향을 미치고 싶다는 심리가 작용해 있다. 그런데 사실, 안타깝게도 또 다행스럽게도 대부분의 사람에게는 자기 자신이 가장 중요할 뿐이다.

배우 이지아는 자기가 애써 감춰 왔던 가장 큰 비밀이 폭로된 이후, 한 달여를 방안에만 갇혀 있었다고 한다. 도대체 무엇을 어떻게 해야 할지 몰라서 그렇게 벽만 바라보고 있다가 밖으로 나왔을 때, 세상 사람들이 너무나 아무렇지 않게 살아가고 있는 모습에 깜짝 놀랐다. 사람들이 모두 자기 얘기만 하면서 살고 있을 줄 알았는데 아니었던 거다. 생각보다 사람들은 다른 사람에게 관심이 없다. 언론을 떠들썩하게 만드는 유명 스타들마저도 그런데 우리처럼 그냥 평범한 사람들은 오죽할까 싶다.

물론 우리는 누군가에게 때로는 정말 고맙고 사랑스러운 사람이 되기도 하고, 또 때로는 죽일 놈, 원수 같은 인간이 되기도 한다. 하지만 아주 특별한 경우가 아니라면 대부분은 그렇게 결국 잊으면서 산다. 굳이 어딘가에 공개할 정도로 열과 성의를 다해서 좋아하거나 미워하지 않는다. 슬프게도 나는 세상 많은 사람에게 그리 대단한 존재가 아니다. 물론 그래야 할 이유도 없다.

소심함과는 다른 욕심을 본다. 헤어지는 연인에게 '날 잊어줘'라고 말하지만, 사실은 그가 날 기억해주길 바라는 마음처럼 '우리는 모두 누군가에게 무엇이 되고 싶은' 그런 존재인지도 모르겠다.

끊어진 관계를
되돌아보는 일

나는 정말로 그녀를 못 보면 죽을 줄 알았다. 우리는 매일 매일 만났다. 매일 못 만나면 전화라도 했다. 만난 날도 전화를 20~30분씩 해 댔다. 그렇게 한 2년여를 보냈다. 그러니, 전부라고도 믿었다.

신기하다. 어떻게 같은 아파트단지에 사는데 그 이후로 단 한 번을 마주치지 않았을까. 그렇게 친하게 지낼 때는 어디에서도 그녀를 만나곤 했는데 다툰 이후로는 아파트단지 내에서도 동네 슈퍼며 상가, 그 어디에서도 만나지 못했다. 그리고 물론 그건 다행스러운 일이었다.

사이가 틀어지고 난 이후, 나는 마치 은둔형 외톨이라도 된 것처럼 집 밖에 나가기를 꺼렸다. 집 밖에 나갔다가 그녀를 만나게 될까 봐, 그녀를 만나면 어떤 표정을 짓고 어떤 반응을 보여야 할지. 아니, 의지와 상관없이 내가 어떤 표정을 지을지 알 수가 없었기 때문이다. 그래서 그 모든 곳에 가기가 싫었다.

집 밖으로 나가게 되거나 동네 어귀를 돌아다닐 때면 심장이 터져 버릴 것만 같았다. 티 나지 않게 최대한 주위를 의식하지 않는 척하면서 사실은 무지하게 주위를 의식했다. 어디선가 그녀 역시 나와 비슷한 마음으로 주변을 거닐다가 나를 볼 것만 같았다. 혹시라도 눈이 마주치면 안 되므로 최대한 앞만 보고 걸었다.

딱 한 번 마주친 건 우습게도 대형마트에서였다. 그 사람 많고 차 많은 곳에서 참 기가 막히게도 주차장에 있는 그녀의 차가 한눈에 들어왔다. 나는 주차를 하고 마트에 들어가던 참이었는데 장을 보고 다시 주차장으로 올 때까지 떨리는 마음을 감추느라 참 부단히 애썼다. 방망이 치듯 요동치는 내 마음이 조금 불쌍하기까지 했다.

나이 마흔이 넘어서 '절교'라고 표현하기는 그렇지만, 어쨌든 그런 상태가 된 지 이제 딱 1년이 되어간다. 다행히 그 떨림은, 그녀를 만날까 봐 작아진 내 마음은 많이 나아졌다. 이제는 집 앞을 나갈 때, 그녀를 떠올리지 않고 나갈 수 있게 되었다. 물론 그녀를 만나게 될 상황을 혼자 지레짐작하며 떠올리면, 여전히 가슴이 콩닥거리긴 한다. 그러나 의식하지 않고도 떠올리는 것과 의식을 해야만 떠올리는 것에는 엄청난 차이가 있으니, 이것은 정말로 많이 나아진 것이리라. 뭐든 시간이 필요하다는 것은 진리다

아주 오래전에 어디선가 사람을 잊는 데는 그 사람을 만나온 딱 두 배만큼의 시간이 필요하다는 말을 들은 적이 있다. 왜 그랬는지 모르겠다. 그 말이 그렇게도 마음에 콕 박혀서 누군가와 헤어질 때는 혼자 지레짐작하곤 했다. '아, 난 4년 동안 아프겠구나' '난 6년은 괴로워하

겠구나'라고. 물론, 사람과의 인연은 그렇게 산수처럼 정확하지는 않았던 것 같다. 다만 중요한 것은 그 시간이 얼마만큼인지는 알 수 없지만, 시간이 지나면 아픔은 옅어진다는 것이다. 그 과정의 괴로움은 생략하더라도 말이다.

그렇게 점차 그녀를 잊어가고 있다. 내 인생에 없으면 안 될 것 같았던 사람. 하루라도 연락을 안 하면 입에 가시가 돋는 줄 알았던 사람. 나와 닮은 듯 다른 듯, 그래서 영혼의 동반자라고 여겼던 사람인데⋯. 아니었다. 아니, 아니다. 한때는 그랬지만 이제는 아닌 사람이라고 하는 편이 맞겠다.

이 관계가 끊어지고 아픈 이유가 무엇 때문인가를 곰곰이 생각해 보았다. 정말 잃어버려서 아까운 것은 '그녀'라는 하나의 소중한 사람인가, 아니면 나 자신의 평판 때문인가. 평판은 꼭 타인이 내리는 것만은 아니다. 나는 나 자신에게도 평판을 하고 있었다. 그리고 어떤 관계가 깨질 때마다 나는 나를 깎아내리곤 했다. '너는 왜 그리 사람들하고 잘 못 지내는 거니? 도대체 너의 문제는 뭐니?'라고 말이다.

누군가와 잘 지낼 때는 나는 나 자신에게 참 괜찮은 사람이 된다. 반대의 경우에는 나는 참 못난 사람, 부족한 사람이 된다. 그렇게 관계가 하나씩 깨질 때마다 내가 원하는 모습에서 멀어져 있는 나를 보고 탓하는 것이다. 내가 진짜로 원하는 사람은 어떤 사람인가. 진짜 나를 바라보아야 한다.

관계란 언젠가는 깨어지기 마련이다. 지금 평생을 돌아봤을 때, 끊어진 관계는 얼마나 많은가. 타의로 자의로. 또는 아무 이유 없이 그렇

　　　　　　　　　　　소심이 병은 아니잖아요?

게. 게다가 그것은 나 혼자에게만 해당하는 일이 아니다. 만약에 모든 관계가 계속해서 이어져간다면. 아, 그것 또한 쌓이면 얼마나 많은 쓰레기가 될 것이겠는가. 끊어진 관계 때문에 나를 미워하지 않기. 그것이 나에게 남은 숙제라면 숙제일 것이다.

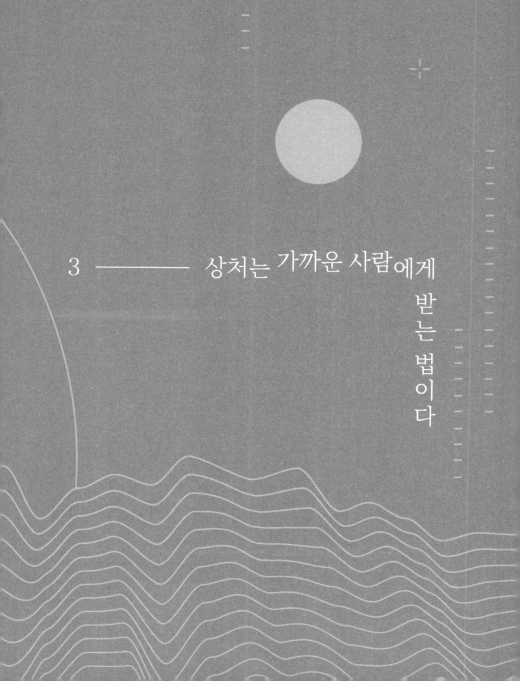

3 ———— 상처는 가까운 사람에게 받는 법이다

　남편은 외아들이다. 외아들이랑 결혼한다고 하면 주변에서는 누구
나 다 우려의 시선을 보냈다. 당연히 시어머니 때문일 터다. 나 역시 젊
은 시절에 본 영화 '올가미'의 기억이 너무나 강렬했기 때문인지 조금
우려를 했던 것도 사실이다. 뭐 당연히 그 영화만큼이야 하겠냐만, 아
무래도 애지중지 키운 외아들에게 지대한 관심이 있을 테니 그게 나에
게는 부담과 스트레스로 작용할 수도 있을 일이다.

　하지만 실제로 만나 뵌 어머니는 '올가미' 그 이상의 사랑을 갖고
계신 분이었다. 아들을 너무나 사랑해서 그 사랑이 부담될 걸 알기 때
문에 아들에게도 며느리에게도 최선을 다해 조심하는 분이었다. 전화
통화도 자주 하지 않으셨고, 시댁에 갔을 때도 설거지 한 번을 시키지
않으시던 분이다.

　그렇게 좋으신 어머니에게 화가 나고 짜증이 나던 순간이 있었다.

당시 나는 임신 6개월에 세 살이 된 딸이 있었다. 물론 한시도 일을 놓은 적이 없었기에 재택근무를 하면서 방송 일도 계속하던 중이다. 이제 4개월 후면 둘째도 태어나는데 큰 아이를 어린이집에 얼른 보내는 게 어떻겠냐는 주변의 말에 나는 혹했다. 특히 언니는 두 아이 다 친정엄마에게 맡길 거냐, 엄마를 얼마나 더 힘들게 해야겠냐면서 첫째의 어린이집 등원을 종용했다.

이래저래 상황을 생각해봤을 때, 그 말이 맞았다. 나 역시 둘째를 낳기 전에 단 몇 달이나마 아주 잠깐의 자유를 누리고 싶은 것도 사실이었다. 그렇게 큰 아이를 어린이집에 보내게 됐고, 아이가 생각보다 잘 적응하던 중에 어머니가 집에 방문하신 참이었다.

그 날, 그 저녁 시간. 어머니는 색색의 수제비를 만들어 주셨다. 시금치며 치자로 물을 들여 만든 수제비를 앞에 두고 아이가 어린이집에 간다는 얘기를 꺼냈다. 늘 "잘했다, 잘했다" 하시는 어머니니 이번에도 그러리라고 어림잡아 생각했다. 아이의 어린이집 생활에 대해 신나서 얘기하는 나와 남편과는 달리 어머니는 놀라운 반응을 보이셨는데, 왈칵 눈물을 토하신 거다.

눈물을 감추기 위해 어머니는 방으로 들어가셨고, 나는 색색의 그 예쁜 수제비가 목에 걸려 넘어가질 않았다. 너무 화가 나고 서운했다. 내가 무슨 큰 잘못이라도 저지른 사람 같았다. 이렇게 상황을 이해 못 하시나 싶었다. 이제 곧 출산을 앞둔 며느리를 그렇게 고생시키셔야 하나 싶기도 했다. 수제비는 불고 있었다.

남편이 방에 들어가서 어머니를 설득했다. 아, 당황스럽게도 어머니는 눈물을, 부은 눈을 감추기 위해 선글라스를 쓰고 나오셨다. 그렇게 어색한 저녁 식사를 했다.

그 날 밤, 남편은 어머니와 또 한 번 얘기를 나눴다. 어머니는 아이가, 겨우 세 살인 아이가 너무 불쌍하다 하셨다고 한다. 그럼 나는 안 불쌍한가? 남편과 이런저런 얘기를 나누다가 결국 싸우기도 하면서 긴 밤이 흘렀다.

다음 날, 새벽 일찍 어머니는 본가로 돌아가셨다. 고심 끝에 나는 아이를 보내지 않기로 했다. 이왕 이렇게 결심했으니 더 길게 어머니를 힘들게 하지 않는 게 좋을 것 같아 바로 전화를 드렸다. 버스 안에서 전화를 받은 어머니는 "고마워" 하면서 결국 또 우셨다.

마음이 불편하면서 또 편하면서 화도 났다. 어머니가 유별나게 느껴진 것도 사실이다. 참 좋으신 우리 어머니도 결국 시어머니인가 싶기도 했다. 어머니의 눈물 때문에 아이는 어린이집에서 다시 집으로 백! 나는 두 아이와 전쟁 같은 일상을 보내야 했다. 어머니를 원망할 시간조차 없이 흘러가던 숨 가쁜 나날의 연속이었다. 그런데 겨우 몇 년도 채 지나지 않아서 나는 어머니의 눈물에 진심으로 감사하게 되었다.

당시 나는 초보 엄마였다. 어떻게 해야 아이를 잘 키우는 건지도 모르고, 그저 내 몸 하나 편하고 싶은 욕심이 더 컸던 때였다. 육아관 같은 것은 있지도 않았고, 그저 남들이 하는 대로 대세에 따르면 그만인 거라고 쉽게 여겼다.

그 사이 아이를 키우면서는 조금 알게 되었다. 아이에게 엄마와 보내는 시간이 얼마나 소중한지. 덕분에 나는 세 아이 모두 4살이 돼서야 어린이집에 보냈고, 세 아이와 지지고 볶는 그 사이 나만의 주관도 확실히 세울 수 있었다. 그때 어머니의 눈물이 아니었더라면 아마 지금 다정하고 여유로운 내 모습은 없었을지도 모른다. 어머니의 눈물에 감사하다. 어머니의 말씀에 거역하지 않았던 그때의 소심한 나도 참 잘했다 싶다.

등산을 별로 좋아하지 않는다. 요즘은 등산에 취미를 붙여 보려고 노력 중인데, 산에 오르다 보니 일부러 밑동을 베어서 쓰러뜨린 나무들이 숲 군데군데 보였다. 숲이 너무 울창해서 해가 들어오지 않으면 빈틈을 만들기 위해서 이렇게 나무를 자른다고 한다. 나무 몇 그루의 희생으로 다른 나무들은 어둡고 축축한 그늘을 벗어날 수 있고 쑥쑥 자랄 수 있게 되는 것이다.

살면서 늘 언니의 그늘을 느끼며 자랐다. 사춘기 시절에는 더욱 그랬다. 의식하지 않아도 의식해도 나는 늘 언니의 그늘에 있었다. 언니는 내가 가장 좋아하는 사람이면서 가장 벗어나고 싶었던 사람이다.

겨우 두 살 차이. 여느 집에서는 자매들끼리 머리끄덩이를 잡고 싸워도 될 정도의 나이 차지만, 어린 시절에도 언니한테 단 한 번 대든 적도 없었다. 언니는 맞벌이하느라 바쁜 부모님 대신이었고, 나는 이상하리만치 언니에게 순종하는 아이였다. 오죽하면 언니가 배드민턴 라켓으로 때리면 그걸 또 다 맞았다. 언젠가는 언니한테 "네가"라고 말했다가 뒤지게 혼난 뒤로는 형제자매들끼리 흔히 하는 '너'라는 표현 한 번 못하고 꼬박꼬박 "언니가"라고 말하곤 했다.

언니는 그냥 딱 큰 딸 같았다. 책임감도 강하고 마음 씀씀이도 나랑은 확연히 달랐다. 크게 어긋나는 일 없이 모범생으로 학창시절을 보냈고, 갈수록 공부를 등한시했던 나와는 달리 죽으라고 공부했다. 아직도 한겨울 냉기가 가득한 추운 방안에서 머리끝까지 이불을 뒤집어쓴 채 손만 내밀고 공부를 하던 언니의 모습이 생각난다. 그렇게 언니는 초등학교 교사가 되었다.

그런 언니를 부모님은 당연히 참 예뻐하셨다. 언니는 교사로서도 훌륭했고 학교에서 인정받고 아이들에게도 사랑받는 선생님이었다. 차곡차곡 돈도 잘 모았고, 부모님에게 용돈도 잘 드리는 딸이었고, 주변에는 언제나 사람들이 많았다. 부모님에게 재잘재잘 친구들 얘기도 자주 해서 부모님은 언니 친구들에 대해서도 잘 알고 있었다. 그냥 딱 '엄친딸' 같은 사람이었다. 나와는 정반대의….

나는 머리가 크면 클수록 언니 앞에서는 점점 작아졌다. 언니와 비교하면 내가 너무 보잘것없는 사람 같았고, 내가 보기에도 언니가 너무 대단해서 더더욱 말대꾸 한 번 하지를 못했다. 언니는 그런 나를 답답해했고 혼내는 게 아니니 무슨 말이라도 하라고 다그치곤 했다. 그럴수록 나는 더욱 입을 닫았다.

똑같은 말을 해도 남들이 하는 말보다 유독 그 사람이 한 말이 상처가 되는 경우가 있다. 너무 좋아하는 사람, 너무 잘 보이고 싶은 사람인 경우다. 나에겐 언니가 그랬다. 언니가 하는 말에 더 상처받았고, 더 많이 울었던 것 같다.

몇 년 전, 갑작스럽게 나타난 경련, 발작으로 '전환장애'라는 나 역시 생전 처음 접하는 정신질환 진단을 받았다. 정신의학과 약을 먹고 상담을 시작한다는 걸 알렸을 때, 언니는 전화로 말했다. "혹시 나 때문에 그런 건가?" 그 말이 이상하게 위로가 됐다. 언니도, 잘난 언니 곁에서 내가 주눅 들어 살았다는 것을 어느 정도 짐작하고 있었나 보다.

물론 언니는 어디 내놓고 자랑하고 싶은 참 좋은 사람이다. 그런 언니 앞에서 유독 작아졌던 것은 내가 언니만큼 좋은 사람이 될 수 없다는 것을 너무나 잘 알고 있었기 때문일 지도 모른다. 그냥 한 사람으로서도, 딸로서도, 언니로서도 그녀는 정말 괜찮은 존재고, 나는 아무리 노력해도 결코 그녀를 따라갈 수 없다.

참 오랜 세월 동안 언니라는 존재에 눌려 살았다. 굳이 언니가 누른 것이 아닌데, 부러움에 자격지심에 나도 부모님께 사랑받고 싶은 욕심에 나 혼자 스스로 짓눌렀는지도 모른다. 아직 당장 그 그늘을 벗어날 수는 없을지는 몰라도 조금씩 나는 나의 터를 잡아갈 것이다.

언니는 언니고 나는 나다. 그마저도 인정하기 힘들면 '형만 한 아우 없다'는 우리 속담에 묻어가야겠다. 옛말 그른 거 하나도 없다고 하지 않았나. 그냥 언니보다 못난 존재라는 사실을 인정하고, 그래도 어디 한 군데쯤은 언니보다 조금은 괜찮은 나라는 존재로 그렇게 홀로서기를 해도 충분한 나이다.

남편은 가끔 "그때 그 말에 속지 말았어야 하는데"라고 후회하곤
한다. 연애 시절 내가 자주 했던 "나 되게 착해"라는 말을 가리키는 것
이다. 솔직히 착한 사람이 자기가 착하다고 하겠나. 순진하게 그 말에
속은 남편은 억울할 수 있겠지만, 사실 완전한 거짓말이라고 할 수는
또 없는 노릇이다.

내가 자신을 가리켜 '착하다'고 말하는 것은 '소심하다'의 다른 표
현이고, 또 굳이 그렇게 말하는 이유를 분석하자면 잘 화를 내지 않기
때문이다. 웬만해서는 화가 나지 않는다. 소심해서 버럭! 순간적으로
화내지 못하는 이유도 있고, 화내기에 앞서 상대방이 이해가 되기 때
문에 화나지 않는 경우가 많다.

소심한 사람들은 생각이 깊다. 정확히 생각의 깊이가 깊다고는 할
수 없는 경우도 종종 있지만, 어쨌든 생각이 많고 그 갈래도 여러 방향

이다. 물론 그러다 보니 종종 엉뚱한 방향으로 뻗어 나가서 할 필요 없는 걱정까지 하게 되는 건데, 어쨌든 생각이 그렇게 여러 방향으로 뻗어 나가는 동안 당연히 말을 하지 않는다. 말을 할 타이밍을 놓치는 사이, 화가 좀 가라앉는다고 해야 할까.

종종 이유 없이 불친절한 사람들을 만난다. 모든 서비스업 종사자가 다 친절하라는 법은 없지만, 그래도 나는 자신이 맡은 일에 대해서는 친절이 기본이라고 생각하는 스타일이다. 그런데 친절하지 않은 것 이상으로 공격적인 사람들을 만날 때가 불행히도 있는 것이다. 그러면 나는 바로 주눅이 들어버린다. '내가 뭐 잘못한 것도 없는데, 나한테 왜 이러지?'라는 생각과 함께 따지고 싶은 마음이 들지만, 그럴수록 반대로 나는 최대한 공손해지고 만다.

막상 그렇게 해놓고는 당연히 기분이 나빠진다. 하품이 전염되듯 내 기분까지 상하지만 가만히 앉아 있다 보면, 그 사람이 이해되는 건 왜인지 모르겠다. 혹시 오늘 상사한테 깨졌나 싶기도 하고 몸이 피곤해서 그럴 수도 있겠다 싶기도 하다. 누가 시킨 것도 아닌데, 저 사람이 저렇게 퉁명스럽고 불친절한 이유를 최대한 찾아내서 어떻게든 이해하고 마는 것이다. 어쩌면 그것은 내 소심함에 대한 어이없는 합리화일지도 모르겠다.

나와는 달리 남편은 정당하지 못한 상황에서는 분명하고 당당하게 화를 낸다. 사실 나는 남편이 그럴 때 내 가슴이 더 두근거리는 사람이기 때문에 남편도 나처럼 그냥 넘어가 주면 좋겠다 싶을 때가 많다. 화를 내봤자 싸움이 되고 그러면 결국 양쪽 모두는 물론이고 지켜보는 다른 사람들까지도 기분이 안 좋아지는데, 굳이 화낼 필요가 없다 싶은 것이다. 또 정말, 나의 상상처럼 원래는 이런 사람이 아닌데 오늘 무슨 일이 있어서 그럴지도 모르지 않을까? 내 인생에 그다지 중요한 사람이 아니라면 작은 일쯤은 그냥 넘어가는 편이 낫다는 게 내 주의다.

언젠가 한 번은 남편이 주차장을 관리하는 할아버지와 말다툼 벌이는 것을 보고, 구구절절 2장의 편지를 썼으니 이럴 땐 내 성격도 참 어지간하다. 그러니 남편으로서는 자기 마음을 몰라주는 아내가 서운할 법도 하다. 직장생활 하면서 누군가에 대한 잘못이나 불만을 토로할 때도, 자꾸 다른 사람의 입장을 공감하고 그 사람 편을 들 때가 더 많으니 슬쩍 삐치기도 한다. 그래서 종종 과거의 내 말에 속았던 것을 후회하고 "쳇! 나한테만 못됐어!"라고 볼멘소리를 하는 내 남편. 남의 편이라 '남편'이라는데, 어째 우리 집에서는 아내인 나야말로 '남 편'의 역할을 제대로 하고 있다.

하고 싶은 말 제대로 못 하고 살고 가끔은 억울하고 분한 일도 많이 겪지만, 그래도 지금껏 큰 문제 없이 나름 잘 살아온 것은 내 모든 것을 다 받아주는 온전한 내 편, 남편이 있기 때문인지도 모른다. 소심한 사람에게 이런 온전한 내 편은 반드시 필요하다. 소심한 당신을 '왜 그리 소심하냐'며 타박하지 않고, 당신을 마음 아프게 한 누군가를 같이 안주 삼아 씹어줄 수 있고, 상처받은 마음을 토닥토닥 위로해줄 줄 아는 사람. 덕분에 또 한 번, 세상으로 나갈 용기를 낼 수 있다.

그런데 남편은 알고 있을까? 사실은 그에게 하고 싶은 말도 많이 참고 있다는 것을. 남들보다 출장도 잦고 휴일 없이 일하는 남편 덕에

독박육아에 살림과 재택근무까지 혼자 다 맡아서 하는 중이다. 가끔 너무 지칠 때면, 남들처럼 '당신이 나한테 해준 게 뭐 있어?' 하고 패악을 부리고 싶다가도 남편이 해준 일들이 하나하나 떠올라서 참고, '당신이 언제 설거지 한 번 해준 적 있어?' 따지려다가도 '아, 며칠 전에 한 번 해줬지' 하면서 참게 된다. 그래서 우리가 부부싸움 할 일이 반으로 줄었으니 이만하면 못된 여자랑 살아도 꽤 괜찮은 거 아니겠냐며 생색내 본다.

소심이 병은 아니잖아요?

너만 참으면
다 편해라는 말 대신에

'체력장'이라는 것이 있었다. 운동신경이 별로 없는 나는 그 모든 체력장 종목을 잘하지 못했지만, 그중에서 제일 못했던 것은 '오래 매달리기'였다. 의자를 빼는 순간 뚝! 떨어지기. 어떻게 된 게 단 한 번도 1초조차 매달리지 못했다. 힘도 부족했지만, 힘든 건 조금도 참으려 하지 않는 성격 탓이다.

그런데 이상하다. 그런 사람이 남을 불편하지 않게 만들기 위해서 나의 불편함을 참 지지리도 잘 참는다. 그걸 눈치챈 건 심리상담을 하던 중이었다.

TV 프로그램을 통해서 보던 역할극을 사실 믿지 않는다. 종종 솔루션 프로그램에서 서로의 역할을 바꿔서 연기한 부부나 부모와 자녀가 서로를 이해하는 장면이 나오면 솔직히 연출이라고 생각했다. 다들 방송 때문에 어쩔 수 없이 그러는 척하는 작위적인 상황이라고 여겨서 불편했다.

아마 심리상담 중에도 딱 각 잡고 그런 역할극을 하자고 했으면 나는 대놓고 거부반응을 보였을 것이다. 선생님과 나는 어쩌다가 엄마와 딸 사이가 되었다. 내가 초등학교 때 겪은 성추행에 관한 얘기를 나누던 중 선생님은 "그런 일을 딸이 당했으면 어떻게 했을 거냐"고 물었다. 나의 첫 대답은 "참아"였다.

선생님은 당황했다. 어떻게 그런 일을 참으라고 할 수 있냐고. 그렇게 우리는 엄마와 딸이 되어서 대화를 나누었다. 그런데, 그때 여러 상황 속에서 내가 가장 많이 했던 말이 "참아"였다.

"참아. 넌 그 정도는 참을 수 있어. 너만 참으면 다 편해."

이런 말들을 나는 너무도 쉽게 자주 뱉었다. 나 역시 사실 뱉으면서도 놀랐다. 나는 나를 이렇게 대하고 있었던 것이다.

언젠가 친구들 다섯 명이 승용차를 타고 여행을 간 적이 있다. 다 큰 성인 세 명이 승용차 뒷자리에 타면 사실 조금 좁다. 특히 가운데 자리에 앉은 사람, 바로 내가. 나는 정말 너무 불편했지만, 최대한 나를 더욱 불편하게 만들었다. 그래야만 양쪽에 앉은 사람이 편할 테니까. 그렇게 불편한 상황 속에서도 나는 너무 신이 나서 그 불편함에 대해서도 크게 생각하지 못했다.

나중에 자리를 바꿔서 가운데에 다른 사람이 앉았을 때는 나를 제외한 나머지 두 사람은 곡소리를 해댔다. 너무 좁고 불편하다고 신경질들이었다. 똑같은 세 사람이 똑같이 뒤에 앉았는데 말이다. 그때 나는 어렴풋이 깨달았다. '나는 다른 사람을 위해서라면 내 불편함을 참 잘 참는 사람이구나'라는 걸.

왜 그런 생각을 가지면서 살아왔는지 모르겠다. '나만 참으면 다 편해'라는 생각. 나는 내 존재 자체를 사랑하지 못했다. 그러니 나는 불편해도 되는 존재고, 나 하나 희생해서 다른 사람이 편하다면 그게 바로 그나마 나의 존재 이유라고 생각했다.

어린 시절에도 그랬다. 둘째인데도 불구하고 뭔가를 사달라고 떼쓰거나 울지 않았다고 한다. 샘이 많던 우리 언니는 엄마가 내 옷만 사오면 초등학교 고학년의 나이에도 방바닥에 드러누워 울었다. 나는 한 번도 그런 적이 없었다.

4학년 때, 성홍열에 걸려서 몸 전체에 열꽃이 번지고 열이 펄펄 끓는데도 아프다는 소리를 하지 않았다. 엄마는 그렇게 아픈 나를 혼자 두고 일하러 나가야 했고, 나는 엄마가 나 때문에 마음 아프고 힘든 게 싫어서 그 어린 나이에도 몇 번이고 괜찮다고 안 아프다고 했던 것 같다. 그때 엄마가 라디오를 가까이 갖다 놔주시면서 "심심하면 라디오 들어"라고 했던 말이 30여 년이 지난 지금도 왜 그리 서글프게 기억에 남는지 모르겠다. 11살의 나는 그렇게 꼼짝도 하지 못하고 누운 채로 눈물 한 방울을 흘렸던가 말았던가.

참 잘 참고 살아온 세월이다. 웃긴 건 참아서 나에게 이득이 되는 일에는 참지 못한다. 나는 운동을 할 때도 조금만 참으면 되는 그 순간을 참지 못해서 스쿼트 30개를 꼭 해야 하는 미션을 달성하지 못하곤 했다. 그 죽을 것 같은 순간을 참아야 운동이 된다는데도 말이다.

그래놓고 남을 위해서라면, 어떤 불편함도 어떤 아픔이나 힘듦도 참 잘 참는 나. 이건 과연 나에게 좋은 일일까? 결코 그건 아닐 것이다. 어쩌면 그래서 나는 참아서 생기는 병, '전환장애'에 걸렸던 건지도 모른다. 나는 나에게 말해야 한다. '너만 참으면 다 편해'가 아니라 '너만 참으면 너만 병나'라고 말이다.

나에게 작은, 하지만 큰 소원이 하나 있다면 그건 명절에 시댁에 가지 않는 것이다. 딱 한 번, 정말 딱 한 번 만 명절을 시댁에서 보내지 않는다면 남은 명절을 아무 군소리 없이 살 수 있을 것만 같았다. 물론, 결혼 초반에는 감히 이런 생각을 하지도 못했고, 했다 하더라도 입 밖으로 꺼내지도 못했을 것이다. 이런 생각을 해본 건 불과 2년 전이려나. 언니가 건강상의 이유와 여러 가지가 겹치면서 처음으로 시댁에 가지 않았던 것에 놀라운 충격과 함께 이런 건 누구나 한 번은 누릴 수 있고 누려야 하는 호사라고 생각한 것이다.

우리 시댁은 시집살이와는 거리가 먼 곳이다. 시부모님은 하나뿐인 외아들을 애지중지 키우셨지만, 그 아들이 타지에 있는 대학에 간 이후로는 전화조차 조심스러워했던 분들이고 결혼해서도 마찬가지였다. 흔히 외아들이 있는 집의 시어머니와는 달리 어머니는 아들도 며느리도 존중하고 조심스러워하시는 분이어서 전화도 자주 걸지 않았고, 전화를 걸어도 자주 전화하지 말라고 하시는 분이었다.

그런데 의외의 시집살이가 있었으니, 우리 시어머니가 굉장히 예의를 갖추시는 분이라는 점이었다. 그리고 남에게 더욱 철저히 예절을 지키는 분이었다. 기독교 집안인 데다가 형식보다는 실리를 더 중요하게 여기며 살아왔던 우리 집의 가풍과는 달라도 너무 달랐다. 게다가 어머니는 그 집안 어르신 중에서도 더한 분이셨다.

첫 아이를 임신하고 한 달 동안에 12킬로그램이 빠지는 극심한 입덧을 겪으면서도 강원도까지 왕복 6시간이 넘게 차를 타고 한식 차례를 지내러 간 것은 차치하자. 아이를 낳고 아직 젖을 먹는 아이를 외풍이 부는 허름한 시골 큰집에 데리고 가 벽에 기대어 젖을 먹이다가 전을 부친 것도 번외로 하자. 겨우 돌이 넘은 둘째와 세 살이 된 아이를 새벽 5시에 깨워서 6시에 올리는 차례 시간에 맞추어 큰집에 간 것도 그냥 그러려니 치자. 어머니는 마치 이렇게 하지 않으면 큰집에서 큰일이라도 날 것처럼 했지만, 나중에 알고 봤더니 그 많은 조카 며느리는 물론 특히 큰집 며느리일수록 명절에 아예 오지도 않은 것도 그래, 잊어버리자.

가장 이해할 수 없고 견디기 힘들었던 것은 명절 차례상에 올리는 정종을 꼭 나에게 전해주라고 하시는 어머니의 행동이었다. 어머니는 정종에 매우 큰 애착을 갖고 계셔서 언제나 정종을 손수 준비하셨고, 그 일이 아들이 결혼하면서는 우리에게 넘어온 것이다. 그 방식이란 것이, 어머니께서 미리 정종을 준비해놓으시곤 큰집 문 앞에서 나에게

소심이 병은 아니잖아요?

주시면, 내가 큰어머니에게 넘기는 것이다. "큰어머니, 저희가 이거 준비했어요" 이러면서.

안다. 별거 아니다. 그런데 빈말을 못 하는 나한테는 이 말이 죽어도 하기 힘들고, 솔직히 말하면 하기가 싫다. 왜, 별것 아닌 일에 이렇게까지 의미를 실어야 하나 심하게 거부반응이 드는 것이다. 차라리 너희가 사 오라고 말씀하시면 더 편할 것 같다. 그러면 그냥 아무 말 없이 쓱 드려도 되는데, 사 오지도 않고 사 왔다면서 내밀라는 어머니의 말씀이 나는 영 거북하다.

친척 어르신들에게 드릴 선물도 마찬가지다. 종종 작은 선물을 준비하시는 어머니는 그걸 꼭 나에게 주시면서 "며느리가 사 왔다고 하면서 드려"라고 말씀하신다. 나는 그게 이상하게 싫다. 왜 그렇게 형식을 갖추고 생색을 내야 하는지, 오히려 진심이 아니라는 걸 티 내는 것 같아서 싫다.

물론 그것은 나의 생각일 뿐, 원래도 내 생각을 표현 못 하는 나는 더군다나 시댁이니 더욱 표현도 못 하고 그저 똥 씹은 얼굴로 선물을 드리는 실례를 범할 뿐이다. '형식 같은 것보다는 늘 진심이 먼저'라고 생각하는 나와 '진심은 기본이요, 형식이 중요하다'고 생각하는 어머니는 참 많이 다르다.

사실 이 모든 것은 핑계에 불과하다. 그냥 한 번쯤은 명절에 나도 자유로워지고 싶다. 그리고 그 덕분에 손자 손녀를 지극히 사랑하시는 우리 어머니도 며느리 눈치 보지 않고 아이들을 마음껏 예뻐할 수 있다는 그 진실을, 우리 남편만 모르고 있다.

엄마를 닮지 않아
다행이다

A는 한평생, 자기의 까만 피부를 증오하면서 살았다. 그런 그녀는 임신하고 나자, 검은색으로 된 것은 최대한 먹지 않으려고 애썼다. 당연히 짜장면은 먹지 않았고 탄산음료가 마시고 싶을 때면 콜라 대신 사이다를 마셨다. 가장 많이 먹었던 것은 바로 우유. 우유 빛깔 하얀 아기가 태어나길 바라면서 그렇게나 우유를 많이 마셨다고 한다. 마침내 아이가 태어나고 기대에 차서 아이를 들여다봤는데, 아이는 A처럼 새까맸단다. 대신 우유를 많이 마셔서인지 피부가 유별나게 윤기 있고 부드럽다나 뭐라나.

부모가 될 때 우리는 '어떤 아이가 태어날까'라는 상상과 함께 '제발 이것만은 닮지 않았으면' 하는 자기만의 간절한 소망을 갖게 된다. 하지만 그런 간절한 바람은 여지없이 깨지기 마련이다. A처럼 아예 초장부터 기대를 깨 놓는 때도 있고, 커 갈수록 나의 못난 면이나 배우자의 못난 면을 닮아갈 때면, 우리는 참 겸허해지곤 한다.

딸이 초등학교 1학년 때, 같은 반 친구 엄마에게 전화가 왔다.

"언니 채민이 되게 웃기더라."

이런 전화를 받으면 순간, 움찔하게 된다.

"채민이? 왜?"

그녀가 전해준 이야기는 이렇다. 자기 딸을 기다리느라 학교 교문 앞에 서 있는데 채민이가 나오더란다. 마침 받아쓰기 시험을 본 날이라서 "채민아, 받아쓰기 시험 잘 봤어?" 하고 물었더니, 우리 딸 채민이가 "네!"라고 대답했다. 그래서 그녀는 되물었다.

"몇 점 맞았는데?"

채민이는 해맑게 웃으면서 대답했단다.

"60점이요!"

잔뜩 긴장하고 전화를 받고 있던 나는 깔깔깔 웃음을 터뜨렸다. 이렇게 고마울 데가! 받아쓰기 60점을 맞고도 해맑게 시험 잘 봤다고 말하는 아이가 내 딸이라니! 나는 진심으로 감사했다. 90점을 맞고 우는 아이보다 50점을 맞고 웃는 아이가 나는 훨씬 더 좋다. 학교 성적 같은 것에 연연하지 않는 대범한 아이로 자라줬으면 정말 좋겠다. 물론, 나는 그러지 못했고 지금도 여전히 점수에 연연한다.

2학년 때, 채민이가 수학 시험에서 95점을 받아 왔다. 수학을 잘하지 못하는 아이라 그 점수가 반가우면서도 스멀스멀 몹쓸 호기심이 들었다.

"95점 맞은 아이들이 많아?"

"잘 모르겠어요. 100점 맞은 애들도 있을 걸요?"

"그래…? ○○는 몇 점 맞았어?"(○○은 채민이랑 두 번째로 친하고 공부를 잘하는 아이다.)

"몰라요."

"그럼 △△이는?"(△△는 채민이의 단짝 친구다.)

"몰라요."

"아, 왜 △△이 점수도 몰라?!"

나도 모르게 순간, 나의 본모습이 나와 버렸다. 그런데 궁금한 걸 어쩌리. ○○이야 그렇다 쳐도 △△이 점수 정도는 당연히 알 거로 생각했고 나도 알고 싶었던 게 사실이다. 하지만 딸은 내 생각과 달랐다.

"그걸 제가 왜 알아야 하는데요?"

정말 너무 궁금하다는 듯이 천진난만하게 되묻는 딸을 보고 그제야 퍼뜩 제정신이 들었다.

언제나 온전히 나로서 서지 못했다. 항상 다른 사람과 나를 비교하곤 했다. 늘 두리번두리번, 다른 사람들은 어떻게 사나, 어떤 일이 있나 궁금했다. 그렇게 남들을 살피다가 내가 조금 잘했다 싶을 때는 더 잘한 사람들과 비교하면서 작아졌고 초라해졌다. 조금 못했다 싶을 때는 나보다 더 못한 사람들을 보면서 이 정도면 됐다고 스스로 위안했다. 그 어느 쪽도 진짜 내가 아니다. 다른 사람을 살피고 눈치 보다 보면 나의 가치마저 그들에 의해서 좌우된다. 누가 나보고 잘한다고 하면 그때야 으쓱해지고, 못한다고 하면 금세 풀이 죽었다. 남들이 나에게 어떤 평가를 할까 늘 전전긍긍했다.

받아쓰기에서 60점을 맞고도 해맑은 아이. 아무리 친한 친구여도 그 친구의 수학점수 따위는 궁금하지 않은 아이. 내 딸이 그런 아이라 너무 다행이다. 이리도 소심하여서 늘 다른 사람과 나를 비교하고 주변 사람들의 눈치를 보는 엄마는 우리 딸이 이대로만 자라도 참 좋겠다.

세상 모든 사람이 '소심하다'고 해도 믿겠지만, 딱 한 사람 우리 남편이 본인이 소심하다고 할 때면 나는 콧방귀를 뀌곤 했다. 남편은 전혀 소심해 보이지 않았다. 적어도 내 눈에는. 아마 남편을 아는 대부분 사람도 그렇게 생각할 것이다. 식당에서 반찬을 더 달라고 할 때도 전혀 망설임이 없고, 어떤 부당한 일을 당했을 때는 가차 없이 따박따박 따지고 들었다. (소심하냐 아니냐에 대한 내 기준이 너무 낮기는 하구나.) 그런 남편이 어떨 때는 듬직했고, 어떨 때는 조금 부끄럽기도 했다.

하지만 남편 역시 사실은 세상 사람들의 눈을 많이 의식하는 사람이라는 것을, 아이를 낳은 다음에야 알았다. 남편은 아이들의 행동을 고쳐 줄 때면 버릇처럼 말하곤 했다.

"남들이 보면 흉봐."

"남들이 뭐라고 생각하겠어?"

"너 그러면 친구들이 너 싫어한다?!"

남편이 그런 말을 할 때마다 귀에 무슨 필터가 있는 것처럼 탁탁 걸렸다.

그 옛날, 엄마가 그랬다. 꼬질꼬질한 내 목을 씻기면서 말씀하셨다. "남들이 보면 엄마가 씻기지도 않는 줄 알겠다!" 스무 살이 되어서 잔뜩 술에 취해 들어오는 날이 많아질 때마다 혀를 차며 하시는 레퍼토리도 비슷했다. "으이구! 이놈의 가시나! 동네 사람 보기 창피해서 원!" 엄마는 나의 부족한 모습을 지적할 때마다 꼭 "남들이 보면…"이라는 전제를 달곤 했다.

내 소심함의 원인을 엄마에게 떠넘기고 싶은 것은 아니다. 다만 그때나 지금이나 나는 그 '남 보기에'라는 말이 그렇게 듣기 싫었다. 문제는 듣기 싫은 내 마음과는 별개로 나는 그때나 지금이나 '나'보다는 '남'을 신경 쓰는 사람으로 자랐다는 사실이다. 혹시나 남편이 은연중에 하는 그 말들로 인해서 내 아이들마저 '남들의 시선'에 갇혀서 자라게 될까 봐 지레 걱정이 됐다.

둘째 아이가 여섯 살이던 어느 날. 현관 앞에서 신발을 신으려다가 신발을 짝짝이로 신고 가겠다고 했다. 나는 너무 기뻤다. 시키지 않아도 모범생 같은 성향을 지닌 딸을 키울 때는 경험하지 못했던 일이다. 모름지기 아이들이란 이런 엉뚱한 매력이 있어야 하는 거지 싶어서 냉큼 그러라고 말했다. 아들은 엄마의 의외 반응에 놀라며 짝짝이로 운동화를 신었다. 보고 있는 것만으로도 즐거운지 신발을 내려다보면서 연신 깔깔거리며 신이 났다. 그런 아들을 보면서 기쁜 건 나만이었나

보다.

주차장에서 먼저 외출 준비를 하고 있던 남편은 아들의 짝짝이 신발을 보더니 이게 지금 뭐하는 거냐며 불같이 화를 냈다. 저렇게 신고 나오도록 그냥 놔뒀다는 이유로 나에게도 불똥이 튀었다. 당장 가서 신발을 똑바로 신고 오라고 다그쳤고, 신이 났던 아이는 풀이 죽은 채로 다시 집으로 가서 신발을 갈아 신어야 했다.

그 날 저녁, 처음으로 남편의 말버릇에 관해 이야기했다. 얘기해줘야 한다고 생각했다. 남편은 고맙게도 내 생각에 동의했지만, 그러면 아이들을 훈육해야 하는 상황에서 어떻게 해야 하는지 물었다. 물론 나도 잘 모른다. 그렇지만 그때 나는 진심을 담아 이야기했다.

"예를 들어서 식당에서 뛰는 행동은 옳지 않잖아. 그럴 때 '식당에서 뛰면 남들이 흉봐'라고 얘기하는 게 아니라 '식당은 뛰는 곳이 아니고, 여러 사람이 함께 밥 먹는 곳이니까 예의를 지켜야 해'라고 얘기하면 어떨까?"

"목욕해야 할 때도, '너 그렇게 더럽게 하고 다니면 사람들이 싫어해'라고 말하는 게 아니라 '오늘은 꼭 목욕해야겠다. 머리에서 냄새도 나고 너무 안 씻으면 우리 몸에 있는 세균과 먼지 때문에 병에 걸릴 수도 있어'라고 얘기하면 될 것 같아."

그냥 그렇게 상황과 사실을 이야기하면 된다고. 거기에 남들이 이상하게 본다느니, 친구들이 안 놀아준다느니, 그런 말을 넣을 필요는 없다고 나는 평소에 내가 하는 식으로 이야기해줬고, 남편은 그러겠다고 쉽게 수긍해줬다. 벌써 오래전 이야기다. 남편은 완전히 달라지진

소심이 병은 아니잖아요?

않았지만 그래도 예전보다는 그런 말을 덜 하게 되었다.

　　방송인 김제동은 어느 날 옷을 뒤집어서 입고 나갔다가 집에 돌아와서야 그 사실을 알게 되었다고 한다. 그래서 그 날 무척 외로웠노라고 고백했다. 물론 그 느낌을 충분히 이해하지만 한편으로는 생각했다. 우리가 그렇게도 의식하고 신경 쓰는 '다른 사람'의 시선이 사실 별거 아닐 수도 있다고. 우리는 함께 어우러져 살아야 하지만, 그렇다고 내 삶의 중심에 다른 사람을 둬서는 안 된다. 남들이 뭐라고 하면 좀 어떤가. 말 그대로 남이다. 내 삶의 중심에는 오롯이 나를 놓을 것이다.

방탄소년단에 빠진 딸이 노래를 듣다 말곤 다가와 심각하게 얘기한다.

"엄마, 저는 노래를 너무 못하는 거 같아요."

평소처럼 '그걸 이제 알았니?'라고 받아치기에는 딸의 표정이 꽤 진지하다. 사실 그건 당연한 결과다. 남편이나 나나 노래에는 소질이 없는데 하필이면 딸은 남편이 아니라 나를 닮았다. 남편을 닮았으면 이 정도는 아니었을 텐데 열성 유전자를 물려준 엄마는 늘 미안하다.

그러나 미안함과는 별개로 딸이 노래를 부를 때면 남편과 나는 서로 얼굴을 마주 보고 흔히 말하는 '썩소'를 지었다. 어느 날은 노래에 잔뜩 심취해서 이어폰을 끼고 노래를 부르는데 정말 들어주기가 힘들어서 안방으로 피신하기도 했다. 아무리 부모의 역할이 칭찬해주는 거라고는 하지만 차마 '잘한다' 소리가 나오지 않았다.

그런 엄마 아빠의 마음도 모르고, 여느 10대 소녀들처럼 아이돌 가수를 꿈꾸고 있던 딸이다. 얼마 전에는 '뮤지컬 배우'가 되고 싶다고 말해서 이 엄마의 등골을 서늘하게도 했다.

"채민아. 그건 노래를 진짜 잘해야 하는데…."

말끝을 흐렸다. 딸이 눈을 똥그랗게 뜨고 묻는다.

"제가 노래를 못해요?"

"썩 잘하는 편은 아니지."

엄마의 솔직한 표현에도 크게 실망하지 않는 듯한 눈치였다. 그랬던 딸이 풀이 죽은 얼굴로 자기가 노래를 못한다고 먼저 이야기를 한 것이다.

"아, 아니야. 그렇게 못하지는 않아."

"아니에요. 제가 녹음해서 들어봤는데 그냥 책 읽는 거 같던데요?"

갑자기 가슴이 쿵 내려앉았다. 겨우 1년 사이에 딸은 자기 자신을 객관적으로 볼 수 있을 만큼 자란 것이다.

초등학교 2학년 때 내 별명은 김완선이었다. 학교 화장실에서 친구들을 모아놓고 '나 오늘~ 오늘 밤은 어둠이 무서워요~' 눈을 하얗게 치켜뜨곤 어설픈 손짓을 하며 노래를 불렀다. 그다음에는 이선희. '지금 나의 곁에 있는 사람은 누구. 진정 날 사랑하실 사람인가요' 친척 어른들이 모이는 자리에서 나름 이선희 모창을 하면서 박수를 받고 용돈도 받았다. 그랬던 내가 노래를 부르지 않게 된 건 언제부터였을까. 기억이 나지 않는다.

누가 굳이 콕 찍어 말해주지 않아도 저절로 알게 되는 것들이 있다.

내가 노래를 부르면 키득키득 웃는 친구들의 모습을 보면서 아마 나는 짐작했던 것이 아닐까. 가창 실기평가를 보는 날이면 가슴이 방망이질 치듯이 뛰어서 이러다 쓰러질 것만 같았다. 중학교 시절, 반별 합창대회를 할 때는 당연하게 반장이 지휘를 맡아야 했지만, 나는 극구 사양해서 결국 다른 친구에게 지휘를 맡겼다. 노래 앞에만 서면 나는 작아졌다.

성인이 되면 이 공포가 끝날 줄 알았지만, 노래방이라는 녀석이 나타났다. 회식의 끝은 언제나 노래방이었고, 노래방에 가는 일이 죽을 만큼 싫었다. 나름대로 작전을 짰다. 노래방에 가기 전에 술을 잔뜩 먹고 취하기 작전을 쓰거나 집으로 내빼거나, 결국 끌려갔을 때는 최대한 눈에 안 띄게 있거나 아니면 미친 듯이 춤을 추었다. 그러면 다행히 마이크를 피할 수 있었고, 그렇게 점점 노래와 멀어졌다.

우리 딸도 어쩌면 앞으로 나처럼 살아갈 거로 생각하니 아득해진다. 모르겠다. 왜 딸에게 '잘한다'고 말해주지 않았는지. 그때 나는 우리 딸이 객관적으로 자기 자신을 봐야 한다고 생각했고, 근거 없는 자신감으로 나섰다가 다른 사람들에게 비웃음을 받을까 봐 두려웠다. 그래서 그런 일이 일어나지 않도록 미리 예방주사를 맞혔던 거랄까. 노래를 좀 못하는 게 뭐 그리 대단한 일이라고 난 그렇게 두려워했고, 그 두려움을 딸에게까지 전염시키려고 하는지 모르겠다.

한때 '음치가수'라는 새로운 장르를 스스로 개척한 이재수라는 가수가 있었다. 음치가 '가수'라는 타이틀을 달고, 방송에 나와서 당당하게 노래를 하는 모습에 같은 음치인 나는 큰 충격을 받았다. 자신감만 있으면 저럴 수도 있구나, 누군가는 약점이라고 생각해서 처절하게 감추지만 다른 사람은 그걸 자신만의 색깔로 특화할 수 있구나. 새로운 세상을 만난 것 같았다.

엄마를 닮아 노래를 못하는 우리 딸의 미래를 상상해본다. 엄마처럼 노래가 있는 모든 곳에서 주눅 들어서 쭈뼛거리기보다는 남들의 비웃음과 구박 속에서도 꿋꿋하게 큰소리로 노래하는 딸의 모습을 상상할 때 나는 훨씬 더 행복해졌다.

어디 비단 노래뿐일까. 우리 스스로 작아지는 순간이 살다 보면 얼마나 많을까 싶다. 엄마가 아무리 '잘한다, 잘한다' 키워도 나이를 먹다 보면 저절로 알게 될 것이다. 내가 못하는 것이 뭔지, 친구들과 비교하면서 그 부족한 점 때문에 눈물 흘리는 일도 생기겠지. 그때 돼서야 내가 아무리 진심으로 '잘한다'고 말해도 믿어주지 않을 것이다.

아직 늦지 않았다. 이제부터라도 '잘한다, 잘한다' 말해줘야지. 내 딸에게 필요한 건 자신을 객관적으로 보는 눈이 아니라 근거 없는 자신감이고, 객관적으로 평가할 선생님이 아니라 내 딸이 최고라고 말해주는 고슴도치 엄마다.

4 ——— 그저 남들이 날 좋아해주길 바란 것뿐이야

'기다림'에 대해 가장 잘못된 해석은 소설 '어린 왕자'에 나오는 구절이 아닐까 싶다. '오후 4시에 네가 온다면 나는 3시부터 행복해지기 시작할 거야.'

아니다. 틀렸다. 그건 '행복'이라고 표현할 수 없다. 너무 기다려서 너무 기다리다 보니 온몸에 힘이 다 빠질 것 같은 느낌. 혼자서 들떴다가 혼자서 고민하다가 혼자서 걱정하다가 안달복달하며 기다리는 그 시간은, 결코 '행복'이라고 할 수는 없는 고통과 닮았다. 황지우의 시 '너를 기다리는 동안'에 오히려 그 고통이 더 잘 나타나 있다.

다가오는 모든 발자국은
내 가슴에 쿵쿵거린다
바스락거리는 나뭇잎 하나도 다 내게 온다

문을 열고 들어오는 모든 사람이 너였다가

너였다가 너일 것이었다가

다시 문이 닫힌다.

기다리는 순간은 몇 번이고 마음을 졸였다가 기대했다가 무너진다. 기다림이 간절할수록 그 쫄깃함은 두근대다 못해 너무 아픈 일이 된다.

　방송작가 일의 8할은 기다림이다. 우리는 항상 누군가에게 뭔가를 부탁해야 한다. 방송에 출연해 달라고, 정보를 좀 알려달라고, 누구 연락처를 좀 알려달라고. 쉽지 않은 일이다. 그러면 상대방은 항상 말한다. 알겠다고, 연락 주겠다고. 그때부터는 하염없는 기다림이 시작된다. 그 기다림이 생각보다 꽤 힘들다.

　경력 작가와 신입 작가의 차이는 바로 거기에서부터 갈린다. '연락 주겠다'는 말을 믿느냐 믿지 않느냐. 처음 방송 일을 시작할 때의 나는 상대방의 말을 철석같이 믿었다. 중요한 일일수록 기다려도 기다려도 연락은 오지 않았고, 그만큼 더욱 애가 탔다. 어리석었다. 나에게는 중요한 일이어도, 그들에게는 전혀 중요한 일이 아니었으며 오히려 귀찮은 일, 자기가 꼭 해야 할 이유가 없는 일이다.

　기다림의 시간을 더 힘들게 하는 것은 두 번째 전화를 언제 할 것이냐에 대한 문제다. 지금 하면 너무 이를 거 같고, 그렇다고 무작정 기다릴 수만은 없는 일. 방송작가가 하는 대부분의 일이 이런 식이다. 그 적당한 타이밍을 잘 찾으면 두 번째 통화에서 원하던 정보를 얻을 수 있고, 아니라면 두 번째 전화를 걸었다가 괜히 보채는 사람이 되는 민망한 상황이 벌어지곤 한다.

이제 나는 '연락드릴게요'라는 말을 딱 50%만 믿는다. 그리고 이 일이 나에게만 중요할 뿐 그들에게는 중요하지 않다는 것을 받아들이면서 시작한다. 그러니 대부분은 너무 저자세가 되기는 하지만, 그렇게라도 가장 짧은 루트로 원하는 정보를 얻을 수 있다면 그건 참 감사한 일이다.

무엇보다 출연자를 섭외할 때가 더욱 기다림이 길고 힘들게 느껴진다. 전화통화하는 동안 많은 얘기를 나눠보고 생각해보겠다고 전화를 끊는 경우가 많은데, 어느 정도 이제는 방송에서 뼈가 굵은 나는 "안 하시더라도 연락 꼭 주세요. 기다리고 있을 거예요"라는 (나름의 애교를 섞은) 말을 마지막에 덧붙이곤 한다. '기다리겠다'라는 말이 약간의 부담으로 작용하길 바라는 마음에서다. 하지만 그 말이 통하지 않을 때도 참 많다.

세상 사람 마음이 다 나 같지는 않다는 건 알지만 그런데도 답변을 주지 않는 분들이 원망스러울 때가 참 많다. 그냥 '안 되겠다, 못하겠다, 어렵겠다'라는 간단한 대답만이라도 해주면 참 좋을 거 같은데 말이다. 어쩌면, 미안해서 거절의 말을 하기가 힘들어서 그런 걸 수도 있다는 생각도 든다. 하지만, 거절의 대답을 듣는 것보다 힘든 건 기약없는 기다림이다.

내 핸드폰 문자 메시지함에는 돌아오지 않는 메아리처럼 대답 없는 문자메시지가 참 많다. 가끔 어쩌다가 그것들을 쭈욱 보게 되면 마음이 조금 씁쓸해진다. 실제 얼굴을 보고 나누는 대화라면 아마도 이렇게 아무런 반응을 보이지는 않겠지만 아무래도 전화다 보니 그게 더 쉬워지는 거 같다.

어쨌든 '네, 알겠습니다'라는 대답이라도 꼭 전해야 직성이 풀리는 나는 가끔은 대답하지 않는 강단 있는 사람들이 부럽다. 그리고 가끔은 그들로 인해 어쩔 수 없이 상처도 받는다.

언제나 먼저
지갑을 여는 이유

'빈대'나 '짠돌이'라는 말을 들으면 대부분의 사람은 부정적인 이미지를 떠올린다. 그도 그럴 것이 '더치페이'가 아직도 영 어색한 우리나라 정서상 누가 한 번 사면 다음에는 내가 사는 것이 일반적인 흐름이기 때문이다. 그런데 눈치가 없는 건지 생각이 없는 건지 작정이라도한 건지, 늘 얻어먹기만 하는 사람을 보면 얄미운 마음이 드는 것은 당연하다.

나는 그런 빈대들이 존경스럽다. 사실 그건 웬만한 정신력으로는할 수 없는 행동이다. 아무리 눈치가 없어도 몰라서라기보다는 나름의사정이 있기에 그런 빈대 같은 행동을 하는 건데, 나 같은 사람에게는감히 범접할 수 없는 강한 정신력의 세계로 느껴진다.

계산할 때가 되면 사람들 사이에 흐르는 묘한 기류를 이겨내기가어렵다. 신발 끈을 수없이 묶었다가 푼다든가, 전화통화를 하는 척 바

소심이 병은 아니잖아요?

깥으로 나가는 일처럼 연기력을 발휘하기도 어렵거니와 속이 뻔히 보이고 누구나 다 싫어하는 행동이라는 걸 알면서도 하는 것은 내 기준에서는 엄청난 자기애의 발현이다.

나는 늘 누구보다 지갑을 먼저 여는 사람이었다. 경제적으로 굉장히 여유가 있어서, 아니면 그 만남이 너무도 즐거워서 내가 돈을 내지 않고 못 배기는 그런 상황이라면 모르지만 그렇지 않은 상황에서도 나는 언제나 지갑을 열었다. 이유는 단순했다. 이 사람들이 나를 좋아했으면 좋겠다는 그 욕심 때문이었다.

누군가로부터 얻어먹는 일을 싫어하는 사람은 없다. 다음엔 내가 사야 한다는 부담감이 들기도 하지만, 어쨌든 그 당시에 돈이 들지 않았다면 기분이 좋은 게 사실이다. 나는 상대방이 그런 마음이 들었으면 좋겠고, 아울러 그 마음이 발전해서 상대가 나를 좋아했으면 좋겠다는 마음이 들었다.

웃긴 건 그러면서도 쿨해 보이고 싶다는 거다. 사실은 '내가 이렇게 맛있는 거 사주니까 나 좋지? 나 좀 좋아해줘'라고 생각하고 있으면서도 괜히 이런저런 이유를 댄다. "나 오늘 월급 받았어"라든가 "여기 돈 버는 사람 나밖에 없잖아", "원래 연장자가 쏘는 거야" 이런 말로 그들이 부담을 갖지 않길 바란다. 부담은 갖지 않는 대신 내가 바란 건 애정이었고, 다음으로 이어지는 만남이었다. 다만 그걸 티 내지 않기 위해서 내 딴에는 갖은 노력을 다하고 있었다.

많은 사람이 날 만나고 싶어 하면 좋겠다. 흔한 말로 줄 서서 기다려야 만날 수 있는 사람이 되고 싶었고, 그도 아니면 만나면 좋은 사람, 다시 또 만나고 싶은 사람이 되고 싶었다. 누군가로부터 그런 마음을 받는다면 참 기분 좋을 것 같은데 자신이 없다. 나는 과연 다른 사람이 만나고 싶어 하는 그런 사람일까?

지금보다 젊을 때는 만나자는 약속도 꽤 있었던 것 같지만 지금은 늘 약속이 없다. 한 달에 한두 번이면 많은 걸까. 연말이어서 약속이 많다고 하는 사람들을 보면 참 부러울 정도다. 어쩌면 이것은 그저 나의 상황에 따른 변화일지도 모르는데, 그런데도 나는 자꾸 자신감을 잃어 간다. 나를 만나고 싶어 하는 사람이 없다고, 그렇게 생각하면 참 외로워진다. 한때는 '아무도 날 찾는 이 없는~'으로 시작하는 잘 알지도 못하는 '산장의 여인'이라는 노래 가사가 어찌나 슬프게 다가왔는지 모른다. 어쩌면 그 외로움 때문에 나에 대한 자신감 부족으로 나는 그렇게 지갑을 열어서라도 애정을 구걸하고 싶었던 건 아니었을까.

정말 만나고 싶은 사람을 만날 때는 누가 돈을 내고 누가 사느냐는 별로 중요한 일이 되지 않는다. 나 역시 정말 친한 사람에게는 부담 없이 얻어먹기도 하고, 돈 없다고 이번엔 네가 쏘라고 오히려 큰소리 뻥뻥 치기도 한다. 그래놓고도 아무 거리낌 없고 당당한데, 왜 사랑받고 싶은 마음이 들면 들수록 더욱 작아지는지 모르겠다.

지금의 나는 이제야 확실히 안다. 나를 사랑해야 할 사람은 다른 사람이 아니라 바로 나 자신이라는 사실을. 다른 사람에게 사랑받기 위해 지갑을 열 것이 아니라 나 자신을 더 알고 사랑하기 위해서 나와 만나야 할 때다. 그렇게 나의 내면을 충만하게 채웠을 때 비로소 나는 한 끼 식사와 한 잔의 커피로 애정을 구걸하지 않아도 될 것이다.

지나친 배려는
배려가 아니다

대부분의 사람이 비슷하겠지만 나도 어떤 지적에 굉장히 약한 사람이다. 내 글에 대한 지적에 얼굴이 붉어지거나 마음이 상하고 억울해지고 반감이 드는 건 너무 당연한 일이니 넘어가고, 내가 말하는 '지적'은 사소한 것들이다. 예를 들어 "너 이에 고춧가루 꼈어" 이런 것들.

따지고 보면 아주 작은 지적인데, 누군가에게 이런 말을 들었을 때 심하게 무안해진다. 오죽하면 10년 넘게 살아온 남편 앞에서도 먹을 때마다 굉장히 조심하는 편인데, 당연히 종종 입에 뭔가를 묻히고 먹을 때가 있는 모양이다. 그럴 때 남편은 냅킨을 건네주면서 "뭐 묻었어"라고 말을 해주는데, 그럴 때면 얼굴이 확 달아오른다. 그걸 티 내지 않기 위해서 무심한 척, 쿨한 척 스윽 닦아내긴 하는데 남편이 그걸 아는지 모르는지 알 수 없다.

사람은 대부분 자기의 생각대로 다른 사람을 보게 된다. 그럴 수밖에 없는 것이 또 일반적인 사람의 한계다. 내가 다른 사람의 그런 작은 지적에 너무 당황하다 보니, 나 역시 다른 사람들에게 지적하기가 힘들고 웬만해선 안 하고 넘어가는 편이다. 그 사람 이에 고춧가루가 끼었다거나 앞니에 립스틱이 묻었다거나, 이런 것들. 그럴 때면 그의 얼굴을 쳐다보기가 민망해서 자꾸 시선을 피하면서도 '말해야 하나, 말아야 하나' 고민하다가 결국은 그냥 모른 척하고 넘어가곤 했다.

친한 친구를 만나서 밥을 먹고 집으로 돌아오던 중에 동네에서 학부모 한 명을 만났다. 오랜만이라 반갑게 인사를 하고, 짧게 이런저런 이야기를 하고 집으로 들어왔다. 잠깐의 만남이 즐거웠던 터라 입가에는 계속 미소가 남아 있었는데, 화장실에서 무심코 씨익 웃다가 보고야 말았다. 내 이 사이에 껴있는 커다란 고춧가루를.

그것도 모르고 오랜만에 만나서 좋다고 온 이를 다 드러내고 웃었던 내 모습을 생각하니 너무 절망적이었다. 게다가 그 엄마는 평소에도 아름답고 우아한 분위기여서 남몰래 동경하던 터였는데, 나는 그런 그녀 앞에서 세상 둘도 없는 푼수가 된 것 같은 느낌이 들었다. 자괴감은 이상한 쪽으로 방향을 틀었다. 괜히 방금 만났던 친구가 원망스러워진 것이다. 내 이에 고춧가루가 낀 것을 뻔히 봐놓고도 말을 안 해줘서 이런 망신을 당하게 됐다고 화살을 돌려버리고 있었다. 이럴 땐 친구가 고춧가루를 봤는지 아닌지 그 팩트는 전혀 상관없는 일이 돼버린다.

그렇게 혼자서 씩씩거리면서 절망과 원망 사이를 오가다가 퍼뜩 정신이 들었다. 나 역시 그런 것을 모른 체한 일이 얼마나 많았는지가 떠오른 것이다. 말해주고 싶었지만 입 밖으로 내는 일이 나도 힘들고,

그 지적을 받은 친구가 민망해할 것을 생각하니 그냥 넘어가는 것이 옳다고 믿었다. 하지만 이제 와 보니 절대 그럴 일이 아니었다. 그 잠깐의 순간에는 서로 민망하더라도 살짝 얘기해주는 것이 그도 나도 더 이로울 거라는 생각이 들었다. 게다가 상대방이 나처럼 아주 심하게 무안해할지 아니면 아무렇지 않게 넘어갈 사람일지, 그건 내가 모르는 일 아닌가.

아웃바운드 전화가 걸려오면 딱 잘라서 끊지를 못한다. 그들의 빠른 말을 중간에 치고 들어가지도 못하거니와 미안한 마음에 매몰차게 끊지도 못해 최대한 전화를 들고 있는 편이다. 하지만 막 귀가 얇지는 않은 편이어서 마지막쯤 상담사분들이 "가입하시겠습니까?" 이렇게 물어볼 때야 아니라고 하지 않겠다고 거절하곤 했다. 옆에서 듣던 친구가 참 기막혀할 정도로 친절했는데 알고 봤더니 나의 친절은 결코 친절이 아니었다.

아웃바운드의 경우에 결국은 그 고객을 가입시켜야만 실적이 오르는 시스템이다. 그런데 나처럼 마치 가입할 것마냥 귀 기울여 듣다가 마지막에 단호하게 가입을 거절하면 그들로서는 나에게 쏟아부었던 시간과 노력이 말짱 헛수고가 된다는 것이다. 차라리 그 시간에 다른 고객에게 전화를 돌리는 것이 훨씬 더 도움이 되는 일이었다. 난 그것도 모르고 '나는 친절하니까', '나는 배려 깊으니까' 이런 착각으로 전화에 일일이 다 응대하면서 그들의 시간과 노력을 뺏고 있었던 것이다.

뒤늦게 그 사실을 알고 나서는 관심 없는 아웃바운드 전화가 오면 전화 초반에 아예 딱 잘라서 "관심 없습니다"라고 거절한다. 처음에는 그렇게도 어려웠던 일이 왜 그리 쉬워졌는지 신기할 정도다. 초반의 단호한 거절이 사실은 상대에게 더 된다는 걸 알고 나니 거절이 조금 더 쉬운 일이 되었다.

내가 알고 있는 배려가 배려가 아닌 것들이 될 수도 있다. 그를 무안하게 하기 싫어서 하지 않았던 말 때문에 그는 더 중요한 장소에서 망신을 당할 수도 있고, 모질게 끊지 못한 전화 한 통 때문에 상대방은 허탕을 칠 수도 있는 일이다.

가끔은 모질어질 것. 때로는 나의 시선이 아닌 상대방의 시선으로 봐야 할 필요가 있음을 깨닫는다.

소심이 병은 아니잖아요?

이효리가 부러운 이유는
방귀 때문이었다

이름 석 자만으로 하나의 브랜드가 된 이효리. 그녀가 부러운 점이 어디 한두 가지일까 싶지만, 이상하게도 그녀가 가장 부럽던 순간은 따로 있다.

아주 오래전, 한 토크쇼 프로그램에 나와서 같은 멤버들이 그녀에 대해서 폭로하기를, 이효리가 자동차 안에서 방귀를 뀌곤 멤버들을 차에 가둬둔 채 내린다는 거였다. 그때 멤버들의 표정이 어떨지 이효리 방귀 냄새를 못 맡아본 내가 알 수는 없겠지만 뭐 벗어나고 싶은 상황이었던 것은 분명하리라. 당시 '요정' 콘셉트를 내세웠던 그룹 멤버인 이효리의 의외의 모습에 패널들은 모두 박장대소를 하며 웃었지만, 난 그 순간 웃음이 나는 대신 이효리가 너무 부럽고 대단해 보였다.

고등학교 시절, 만원 버스를 피하기 위해서 아침 일찍 등교하곤 했다. 막 추워지는 초겨울이었던가 버스에서 내려 학교로 걸어가는데,

기침하다가 목구멍에서 툭 예상치 못하게 가래가 튀어나왔다. 입안에서 느껴지는 그 미끄덩한 가래의 느낌. 그런데 아무리 생각해도 도무지 이걸 길거리에 뱉을 수가 없었다. 길거리에 침 뱉는 사람을 증오하기까지 했던 나였다. 다른 사람들 역시 나를 그렇게 볼 거로 생각하니 도저히 그 시선을 감당할 자신이 없었다. 거리를 두리번거렸는데 이른 시간이라 그런지 별로 사람들이 없다. 남들처럼 아무렇지 않게 툭 뱉고 그냥 갈 길을 가면 되는데, 어디선가 누가 보고 있을 것 같은 생각에 도저히 가래를 뱉을 수 없었다. 그렇다고 다시 삼킬 수도 없는 노릇. 그래서 학교까지 약 10분 정도의 거리를 입에 가래를 문 채 올라갔다. 학교에 도착하자마자 화장실로 뛰어가서 가래를 뱉고 나자 울컥 구역질이 올라왔다. 그리고 또 한 번 울컥. 바보 같은 내 모습에 서러움이 올라왔다.

단점을 감추기 위해 참 많이 애썼다. 조금이라도 부끄러운 모습은 보이지 않는 게 당연하고 이왕이면 남에게 잘 보이려고 애썼다. 혹시나 그런 점 때문에 누군가 날 싫어하면 어쩌나 혼자서 마음을 졸였다. 그래서 매일매일 머리를 감았고 겨드랑이 땀이 나지 않게 패치를 사서 붙이곤 했다. 화장실에서 큰일을 보고 난 직후에 남편이 화장실로 들어가는 게 그렇게 싫어서 혼자 얼굴이 붉어졌다.

생각해보면 인간이면 누구나 가진 자연스러운 모습까지도 어떻게든 감추려고 하고 있었다. 안다. 불가능한 일이라는 것을. 가까운 사람들 사이에서는 어쩔 수 없이 드러날 수밖에 없는 신체적인 단점이라는 것을. 하지만 그렇다고 일부러 드러내놓고 싶진 않았다. 또 혹시나 그걸 누가 알게 되더라도 모른 척해주는 것이 나에 대한 예의라고도 믿었다.

그런데 굳이, 자동차 안에서 방귀를 뀌고 멤버들을 괴롭힌다는 이효리는 도대체 어떤 마음으로 그럴 수 있었을까. 자기애가 너무나 강해서일까 그저 아무 생각 없는 장난꾸러기인 걸까. 그 어느 쪽이 됐든 소심한 나는 도저히 할 수 없는 행동이고, 그래서 참 부러웠다. 방귀마저도 당당하게 뀌는 그녀가.

방귀도 마음대로 못 뀌는 인생이 조금 서글프기도 하지만, 다행히 세월이 해결해주기도 한다. 아직 남편과 대놓고 방귀를 튼 사이는 아니지만, 결혼 10년이 넘자 괄약근도 우리의 애정전선처럼 조금 느슨해졌나 보다. 가끔 주책없이 방귀가 나오면 남편과 나는 둘 다 아무 일도 없던 것처럼 행동한다. 물론, 나는 속으로 '에이, 망했어!'를 외치고, 내 소심한 성격을 잘 아는 남편은 '방금 뭐가 지나갔니?'라는 마음으로 모른 체해주는 것이다. 아마 지금까지 애써 방귀를 참으면서 살았다면, 결혼 생활이 조금은 덜 행복했을지도 모르겠다.

이왕 이렇게 된 거, 나도 이효리처럼 당당하게 차 안에서 방귀를 뀌고 내려 볼까? 언젠가 꼭 한 번은 해보고 싶은 방귀 테러. 소심한 나에게 아무래도 그 희생자가 될 사람은 남편밖에 없을 것 같다.

방송구성작가는 매체로 따지면 크게 TV와 라디오로 나뉘는데, 대부분의 작가는 주로 한 매체에서만 일하는 편이다. 나는 조금 특이하게도 TV와 라디오를 겸했는데, 라디오에서 꽤 오랫동안 함께 일한 피디는 소위 말하는 내 '빠'였다. 까다롭기로 유명한 피디였지만, 유독 내 원고에 관해서는 전혀 토를 달지 않았고, 듣는 내가 민망할 정도로 칭찬하곤 했다. 그런 그가 어느 날 말했다.

"지아 씨는 작가치고 성격이 참 좋아."

욕인지 칭찬인지 도무지 분간이 가지 않았다. '성격이 좋다'는 말은 그냥 넘어간다 쳐도 '작가치고'라는 말은 도대체 무슨 뜻이란 말인가?

오래전에 드라마작가에 관한 책에서 본 인상적인 내용이다. 피디와 작가가 처음 만났을 때, 작가가 술을 좀 마신다고 하면 피디가 "흠~" 하고 관심을 보인단다. 담배까지 피운다고 하면 "오! 글 좀 쓰겠는데?"

이런다고. 그러다가 이혼했다고 하면 "바로 이 작가야!"라고 무릎을 친다나. 무릇 작가라는 사람은 술 담배를 하고 거기에 이혼 경력까지 있는 산전수전 다 겪어야 글 좀 쓴다는 뜻이었을까? 뭐 한 10여 년 전에 읽은 책 속 '라떼는 말야' 시절이니 지금과는 차이가 있겠지만 나도 멋모르고 공감하기도 했다.

드라마작가를 꿈꾸던 20대 후반에 정말 운 좋게 드라마 보조작가로 일한 경험이 있다. 선생님은 꽤 인기 있던 드라마를 몇 편 쓰고 잠시 정체기를 겪던 중이었는데, 개인 신상에 대해서는 아무런 정보가 없었다. 떨리는 마음으로 선생님의 댁을 처음 방문했다. 40평쯤 되어 보이는 큰 아파트에 도저히 강아지라고 부를 수 없는 커다란 개 두 마리와 사는 미혼(또는 비혼)의 50대 여성이 나를 기다리고 있었다. 그때만 해도 철이 없던 나는 '아, 드라마작가는 다 이렇게 외로운 삶을 사는구나'라고 생각했던 것도 사실이다.

대부분의 사람은 은연중에 '작가'를 비롯한 예술가는 성격이 괴팍하거나 우울하거나 어쨌든 성격적으로 결함이 있다고 생각하는 것 같다. 막상 그 바닥에서 오래 일하면서 정말 성격 이상하다 싶은 사람은 만난 적이 별로 없었다. 어쩌면 내가 못 알아본 걸 수도 있겠다. 다만, 가끔 전설처럼 책에서 접하거나 주변에서 들은 얘기를 종합해볼 때, 성격이 이상한 사람일수록 실력도 뛰어나다는 반비례의 법칙이 작용한다는 것은 알 수 있었다.

어떤 라디오작가 역시, 생방송을 앞두고 갑자기 바다를 보겠다고 사라졌다나 뭐라나. 난리 통 속에 방송을 마치고 당연히 피바람이 불줄 알았다. 워낙 파리 목숨처럼 쉽게 잘려나가서 '파리랜서'로 불리는 방송작가의 세계에서도 그녀는 잘리지 않았으니! 실력만큼은 누구도 토를 달 수 없었기 때문이었다고 한다.

아마도 그래서였을 것이다. '성격 좋다'는 말에 괜히 혼자 욱한 것은. 성격과 실력이 반비례하는 세계에서 '작가치고 성격이 좋다'라는 말은 작가로서 실력이 좋지 않다는 뜻이라고 내 마음대로 해석했다. 실력이 안 좋으니 훌쩍 바다로 떠나는 일 따위는 꿈도 못 꾸고, 부족한 실력을 원만한 성격으로라도 채우고 싶었던 것이 나도 모르던 내 속마음은 아니었나 싶어서 괜히 찔렸다.

실제로도 독한 선배는 못됐다. 성격이 좋아서가 아니라 소심해서 미움받을 용기가 없어서였다. 서브작가를 공유하는 프로그램에서는 작가들이 나하고만 일하고 싶어 한다는 뒷말이 있었다. 편하니까, 혼내지 않으니까. 친절하게 가르쳐 주고, 중요한 일은 직접 나서서 하니까. 그 뒷말이 돌고 돌아 나에게 들어왔을 때는 내심 기쁘기도 했다. 그런데 그게 정말 좋은 것일까?

성격 좋다는 말 때문에 정작 나는 내가 하고 싶은 대로 하지 못했다. 나름대로 어렵게 쌓아놓은 이미지를 무너뜨릴까 싶어서 하고 싶은 말도 참았고, 화가 날 때도 참았다. 하기 싫었던 일도 나는 성격 좋은 사람이니 응당 해야 한다고 생각했다. 내 마음이 병드는 만큼 나에 대한 '성격 좋다'는 평도 늘어났다.

성격 좋다는 말은 그 사람을 묶어두는 올가미와 같다. 너는 어떤 어려움 속에서도 허허 웃고, 궂은일은 알아서 다하고, 너의 의견을 내서는 안 되고, 나를 건드려서도 안 되고, 화내지도 않고 다 받아줄 것! 그렇게 한 사람을 허수아비로 만들어 버릴 수 있는 말이 '성격 좋다'는 말이다. 어느 한 가지만 틀어져도 갑자기 사람들은 돌변한다. "너 성격 좋은 줄 알았는데 아니었구나?!"라고.

성격 좋은 작가보다는 실력 좋은 작가가 되는 편이 훨씬 더 낫다. 아무리 착하고 성격 좋게 살아도 누군가에게는 나쁜 년이 될 수밖에 없는 세상인데, 차라리 실력으로는 아무도 뭐라고 할 수 없는 독보적인 존재가 된다면 얼마나 멋질까? 그러면 '성격 드~럽다'는 말도 어쩌면 칭찬이 될 수 있을 텐데. 다만 그런 실력을 갖추기가 어렵다는 것이 문제라서 그렇지.

실력도 어중간하고 그렇다고 미움받을 용기도 없어 어중간하게 착한 나는 오늘 들었던 "작가님, 인성 짱!"이라는 후배의 말을 떠올리며 배시시 웃고 있다.

먹고 싶은 음식이 있을 때 "이거 먹자!"라고 딱, 말하지 못하는 편이다. 오죽하면 남편에게조차 그 말을 하지 못한다. 그러니 다른 사람들에게는 뭐 말도 못 꺼낸다고 봐야겠다. 이런 소심함을 합리화하기 위한 변명을 해보자면, 먹는 게 뭐 그리 중요하나 싶어서 그냥 대세를 따르는 거라고 말할 수 있겠다. 하지만, 역시나 식욕은 사람의 너무나 기본적인 욕구라 정말 가끔은 너무 먹고 싶은 것도 있기 마련이다.

그럴 때는 거절당해도 상처 입지 않겠다는 나름 굳은 각오로 제안하곤 하는데, 그 마음도 모르는 우리 남편은 "음…. 오늘은 그 삘이 아니야" 이런 말로 결국엔 자기가 먹고 싶은 메뉴를 고르곤 한다. 물론, 나는 내 속마음은 숨긴 채 그가 제안한 음식을 맛있게 먹어준다.

그런데 가끔 이놈의 식욕이 말 그대로 미친 듯이 폭발할 때가 있다. 갑자기 어떤 음식을 꼭 먹어야겠다는 이걸 먹지 않으면 죽을 것 같다는 생각마저 든다면, 그때는 꼭 먹어야 한다. 남편에게 거절당하면 혼자서라도 시켜서 꼭 먹곤 하는데, 그중 가장 후회했던 음식이 월남쌈이었다. 아, 월남쌈은 혼자 시켜 먹기에는 너무 양이 많고 비쌌다.

조금은 편한 동네 동생과 점심을 먹기로 했을 때도, 나는 그 월남쌈이 먹고 싶었다. 메뉴는 물론이고 가고 싶은 가게가 딱! 있었다. 나름 용기 내어 그 동생에게 000에 가자고 말을 했다. 그녀는 ***을 가봤냐면서 거기도 괜찮다고 했다. 같이 월남쌈과 샤부샤부를 파는 음식점이지만 확연히 다른 곳이었고, 아, 나는 정말로 000이 가고 싶었다.

몇 번의 대화 끝에 그녀가 ***을 가고 싶어 한다는 느낌을 받았다. 이럴 때는 또 그냥 양보하는 심리가 발동한다. 더구나 ***을 안 가봤으니 섣불리 판단할 것도 아니라는 생각도 들었다. 그래서 가벼운 마음으로 그곳에 가기로 한 것이다.

고백하자면 나는 그 날 식사하는 내내, 얘기하는 내내 자꾸 화가 나서 대화에 집중하지 못했다. 000을 가자고 강력하게 말하지 못한 나 자신에게 내는 화였다. 음식의 맛은 괜찮았지만, 나는 모든 것이 하나하나 마음에 들지 않았다. 먹는 내내 속으로는 원래 내가 가고 싶었던 곳과 비교를 하고 있었다. '거기는 안 이런데, 거기는 ##도 있는데…' 이런 식으로 말이다.

나중에 헤어지고 돌아와서까지 그 마음이 사그라지지 않았다. 그 동생은 딱히 ***에 가고 싶진 않았던 것 같았다. 이런 데도 있다고 나에게 소개해준 것일 수도 있는데 소심한 내 마음이 배려랍시고 내 욕심을 양보했고, 오히려 모든 것이 덜 만족스러운 만남으로 만들어버린 것도 결국 나였다.

유독 선택을 어려워하는 사람들이 있다. 선택이란 결국은 그것에 대한 책임을 져야 하기 때문이다. 책임을 지기 싫어하는 사람들은 선택을 미룬다. 나도 비슷했다. 선택을 다른 사람에게 넘기고 나면 책임질 필요가 없어 좋다. 하지만 원하지 않는 결과가 타나났을 때, 그 결과에 대한 책임은 선택을 미룬 나 자신에게 있다.

나는 요즘은 먹고 싶은 음식이 있으면 예전보다는 잘 말하는 사람이 되었다. 얼마 전에는 남편에게 "만날 당신이 먹고 싶은 것만 먹는다"며 그동안에 쌓인 불만을 토로하기도 했다. 남편은 역시나 황당해했다. 자기는 그런 적이 없다나 뭐라나. 뭐가 먹고 싶은 게 있으면 진작 얘기하지 자기만 나쁜 사람 만들었다는 것이다.

물론 가끔은 덕분에 좋은 일도 생긴다. 남들이 권하는 음식을 거절하지 못하다 보니 알게 되는 새로운 음식들도 있다. "○○ 못 먹어요"라는 말을 하지 못해서 마지못해 끌려간 음식점에서 먹게 된 최고의 음식은 뭐니뭐니해도 막창과 양꼬치였다. 이 맛있는 음식 맛을 모르고 30년을 살았던 것을 생각하면 지난 세월이 억울할 정도다.

그래도 앞으로 편한 사람들에게는 먹고 싶은 메뉴를 정확하게 콕 집어서 얘기해야지. 그래야 인생의 비중이 맞을 것 같다. 그러니 님들아, 제발 뭐 먹고 싶냐고 물어봐 놓고, 그거 별로라고 다른 거 먹으러 가지 좀 말아라?! 응? 찔리는 사람, 몇 명 있을걸?! 분명?!

언젠가부터 생겨난 '베프'라는 단어는 이상하게 가슴 아프다. 생각해보면 꼭 베프가 양방향의 화살표여야 할 필요는 없다. 그런데 나는 오랫동안 그렇게 생각했다. 베프는 양방향이어야 한다고. 그러므로 내가 '베프'라고 생각하는 사람은 그 역시 나를 '베프'로 생각해야 한다고 당연히 믿었다. 안타깝게도 그렇지 않은 경우가 대부분이었던 것 같다. 그래서 가슴 아팠다.

직장에 다닐 때 무척 좋아하던 동생이 있었다. 엽기적인 면도 있었지만 착하고 순수했다. 무엇보다 너무 유쾌했다. 그녀랑 있거나 대화를 나눌 때면 웃느라 숨도 못 쉴 정도였다. 그 아이가 너무 좋아서 그래서 힘들었다.

사람이 사람을 보는 눈은 거의 비슷하다. 내가 좋아하는 만큼 그녀를 좋아하는 친구들이 많았다. 게다가 그녀에게는 명실공히 누구나 다

단짝이라고 인정할만한 친구가 있었다. 고등학교 동창인데 직장까지 같이 다니니, 직장에서 만난 나랑은 차원이 다른 친함이다. 그런데도 왜 그렇게 욕심이 났을까.

나름 얼마나 계산을 했는지 모른다. 지금보다 더 친해지고 싶지만 집요함은 느껴지지 않게. 그녀의 일상이 너무 궁금하고 주말에는 누구를 만났는지 알고 싶지만 집착으로 느껴지지는 않을 정도로. 나름 계산을 하고 그렇게 조금씩 조금씩 그녀의 마음을 빼앗으려고 했다. 그녀가 나를 좋아했으면 좋겠다고 참 많이 생각했다.

그러기 위해서는 내가 그녀의 베프가 아니라는 사실을 인정해야겠다. 쿨한 척해야 했다. 이건 뭐, 무슨 연애를 하는 것만큼이나 어려운 일이었다. 차라리 남녀 사이라면 질투한다는 걸 속 시원히 말할 수라도 있지, 그 말도 하지 못한 채 나는 아무래도 분명히 질투라는 걸 했던 것 같다. 그런데 대놓고 질투를 할 수 있을 정도가 아닌, 너무나도 당연히 내가 밀리는 위치에 있기에 질투조차 마음대로 할 수 없었다.

모두에게 인기 있는 사람을 좋아한다는 것은 가슴 아픈 일이다. 유명 스타도 아닌데도 참 웃긴 일이지만, 분명 우리 일상에서도 그런 경우는 얼마든지 만날 수 있다. 학교의 인기스타인 선생님을, 친구 중에서도 유독 주변 사람들에게 많이 둘러싸여 있는 아이를 좋아하면서 혼자 상처받는 일은 얼마나 많은가.

그런데 당시 내가 그녀를 좋아하면서 힘들어했던 때를 생각하면서 놀라운 건 정작 나에게도 그녀가 베프는 아니었다는 사실이다. 그때 당시, 그 무리에서 그녀를 가장 좋아했던 거지 진정한 베프는 따로 있

소심이 병은 아니잖아요?

었다. 그런데도 나는 내가 그녀를 아주 많이 좋아한다는 이유로, 그녀가 나를 베프로 여기기를 무척이나 바라고 있었다. 그건 분명히 욕심이다.

누군가에게 사랑받고 싶은 욕심이 많은 나를 자주 만난다. 이 사람도 저 사람도 나를 베프로 생각하길 바라고 있다. 내 생각대로 베프가 쌍방향의 하나의 화살표라면 그건 불가능한 일이고, 나는 굉장히 모순적인 사람이다.

우리는 아주 어렸을 때부터 사람에 대한 애정도 비교하면서 자라났다. 가장 많이 들었던 질문 중의 하나가 "엄마가 더 좋아, 아빠가 더 좋아?"였으니 말이다. 비교할 수 없는 것마저 비교해야 했던 상황, 그래서 어쩌면 누군가에게도 완전한 나로서 서 있는 것이 아니라 '걔보다 더 좋은 사람'이 되고 싶은 서글픈 욕심을 갖는지도 모르겠다.

5 ——

그래! 나의 무기는

소
심
함
이
다

소심한 방송작가가
업계에서 살아남는 비결

방송작가들끼리는 우리의 직업을 가리켜 '콜센터 직원'이라고 말한다. 그만큼 전화하는 일이 많고, 전화한 횟수만큼 거절을 당한다. 열번, 스무 번의 전화 끝에 한 명이 섭외에 오케이했을 때야 그 돌림노래와 같은 전화가 끝난다. 생각해보면 소심하기 짝이 없는 내가 방송작가를 이렇게 오래 하고 있다는 것은 참 신기한 일이다. 모든 일에는 굳은살이 배기 마련일까. 여전히 전화를 들기 전에는 가슴이 두근두근 떨리지만, 그래도 전화기를 붙들고 조금은 덜 버벅댈 수 있고, 상대방의 거절에도 웃으면서 다음을 기약할 수 있는 정도는 되었다.

하지만 그 사람의 거절은 달랐다. 지금이야 이름도 전화번호도 모르지만, 그때 그 순간만큼은 확실하게 기억이 난다. 당시, 한 환경 다큐멘터리 프로그램을 만들고 있었다. 기름유출 사고 이후 다시 생태계가 살아나고 있는 태안에 대한 주제였는데, 사고 당시에 관한 이야기를 듣기 위해서 자원봉사자를 수소문하던 참이었다. 오래전 일인 데다 자원봉사자도 워낙 많았기 때문에 자료를 찾기가 쉽지 않았다. 꽤 오랜 투자 끝에 마침내 한 명과 연락이 닿았다.

전화를 받은 사람은 청년이었다. 이러저러한 이유로 전화를 드렸다고 설명하는 내 말이 끝나자 그는 차분한 목소리로 대답했다. "그때 자원봉사를 하면서 저희끼리는 이미 다 합의를 봤습니다. 방송국에 이용당하지 말자고. 그러니 인터뷰는 하지 않겠습니다."

수많은 거절을 당해봤지만 이렇게 칼 같은 거절은 처음이었다. 얼굴이 확 달아오르는 게 느껴졌다. '모든 방송국이 다 그렇지는 않다'고 항변하고 싶었지만, 소심한 나는 그렇게 말하지 못했다. 최대한 아무렇지 않은 척하면서 전화를 끊었다. 굳은살이 배겨 아프지 않을 줄 알았는데 아팠다.

전화를 끊고도 '이용'이라는 말이 오랫동안 머릿속에서 빙빙 돌았다. '나는 아닌데, 나는 다른 작가들이랑 다른데' 그 말을 하지 못한 것이 분했다. 똑같은 '방송국 놈들'로 싸잡아진 것이 그렇게도 억울했다. 하지만 그 마음은 금세 사그라졌다. 아무리 생각할수록 그의 말이 '사실'이었기 때문이다.

방송프로그램은 결국 서로의 '이용가치'가 맞는 사람들끼리 만나서 이루어지는 것이 맞다. 섭외를 하고 섭외에 응하는 이유는 어쨌든 서로가 필요하기 때문이니 굳이 따지고 들자면 서로가 서로를 이용하는 일이 맞다. 그래도 사람을 대상으로 '이용'이라고 말하는 일은 서글프다. 게다가 그는 방송을 '이용'할 이유가 전혀 없었고, 그렇기에 '이용'당하지 않겠다고 이유를 알 수 없는 적의를 담고 말했으니, 더욱 작아진 게 사실이다. 결론이 그렇게 머물자 '전 다른 작가들이랑 달라요'라고 말하지 않았던 것이 오히려 다행스러웠다. 그리고 감사했다. 나를 돌아볼 수 있게 해주셔서.

섭외하고 싶은 분의 블로그에 글을 남긴 적이 있다. 연락처가 없는 경우, 부득이 그런 방법을 이용하는데, 글을 남긴 지 얼마 되지 않아서 바로 전화가 왔다. 출연 의사가 없는 분들의 경우에는 아예 전화를 하지 않는 편이기에 다행히 섭외되는 줄로만 알았다. 하지만, 안타깝게도 방송출연에는 전혀 관심이 없다고 하셨다. 그런데 굳이 전화를 건 이유는 내가 남긴 글에서 '진심이 느껴져서'라고 한다.

그동안 블로그를 통해 수많은 섭외 요청을 받아봤지만 내 글은 다르더란다. 그래서 거절을 하더라도 전화해서 하는 것이 예의라는 생각이 들어서 바로 전화를 하셨다는 것이다. 어디에 글을 쓰든 복사해서 붙여넣기를 하지 않는 것은 나의 오래된 습관이다. 매번 대상자에게 맞게 새롭게 글을 쓰는 일이 불편하고 귀찮았지만, 그것이 그분을 대하는 나의 최소한의 예의라고 생각했다. 그걸 알아봐주신 분이 있다니 감사했다. 진심이 통한다는 걸 알게 해주셔서.

방송작가로 일하는 동안 어쩔 수 없이 나는 누군가를 계속 이용해야 할 것이다. 하지만 정말 '이용'에만 그치지는 않을 것이다. 적어도 서로가 서로에게 도움을 주고받는 관계라고 정정해서 말할 수 있는 정도의 작가가 될 것이다.

오늘도 정성을 다해서 섭외 글을 남기고 전화통화를 한다. 나의 말

소심이 병은 아니잖아요?

이 누군가에게 '이용'으로 비치지 않기 위해서. 나의 말이나 글에 혹시 누군가가 상처받게 하지 않기 위해서. 이렇게 소심한 방송작가니 대박 아이템을 물어올 수 없을 것이다. 그래도 혹시 알아? 꾸준히 마음을 다하고 초심을 잃지 않아서 그 마음에 감동한 거물급 출연자를 섭외하는 대박 작가가 될지?! 그렇게 내 소심함을 포장해본다.

소심한 엄마가
좋은 이유

남에게 큰소리 한 번 못 치고 화도 제대로 못 내고 살아온 내가 가장 크게 소리치고 화낸 사람이 있다면, 그건 바로 나의 사랑하는 아이들이었다. 아이들을 키우면서 처음 알았다. 내 안에 미친년이 살고 있다는 사실을. 내가 이렇게 게거품 물고 지랄발광을 떨 수도 있다는 놀라운 사실을.

첫 아이를 낳고는 아이가 하도 잠을 자지 않아 침대에 집어 던진 적도 있고, 육아에 지쳐서 힘들 때면, 온갖 저주의 말들을 쏟아붓기도 했다. 물론 사람의 본성은 변하지 않기에 평소에는 다정하고 세심한 엄마였지만, 확 돌아버리는 순간이 오면 완전히 다른 사람이 되었다. 이러면 안 된다는 것을 머리로는 알면서도 아이에게 쏟아내는 독한 말들을 멈출 수가 없었다.

그때의 나는 무지했다. 아이라는 존재의 특성에 대해서 잘 몰랐고,

내 몸으로 낳은 나의 분신 같은 아이니까 내 맘대로 해도 된다고 생각했다. 그렇게 아이는 엄마의 모든 감정을 고스란히 받아내는 쓰레받기가 되었다. 그러다가 우연히 집어 들었던 책 ≪하은맘의 불량육아≫를 읽고 뒤통수를 얻어맞는 것 같은 충격에 휩싸였다. 그때부터 미친 듯이 육아서를 읽기 시작했다.

육아에도 공부가 필요하다는 것을 참 뒤늦게야 알았다. 공부하다 보니 그때 내 아이가 왜 그랬는지 알게 되었고, 그런 행동 때문에 화낼 필요가 전혀 없다는 사실을 깨달았다. '알면 사랑하게 된다'는 말은 맞는 말이다. 우리는 '사람'이라는 존재에 대해 너무 모른다. 그리고 아무리 어려도 아이도 '사람'이라는 것을, 그 자체만으로 온전한 인격체라는 사실을 자주 잊는다. 내 몸에서 나왔지만 나와는 별개의 독립적인 존재라고 인정하지 않는다. 그래서 내 새끼니까 남들은 뭐라 못해도 나는 자격이 있다는 잘못된 착각을 하고 살아간다.

많이 늦었지만, 그 사실을 깨닫고 나는 180도 달라졌다. 아이에게 화내는 일이 확연히 줄었다. 일부러 화를 참는 것이 아니라, 저절로 그냥 당연하게 화가 나지 않았다. '아이니까 저럴 수 있는 거구나' 알게 되니 이해가 됐기 때문이다. 그렇게 세 아이를 키웠다. 친한 친구는 내가 아이들을 대하는 모습을 보고는 내 안에 무슨 부처라도 들은 줄 알았다고 농담 반 진담 반 얘기하기도 했다. 나도 한때는 아이를 침대에 집어 던졌노라고 미친년처럼 아이에게 소리를 지르고 뒤통수를 갈긴 적이 있다고 이야기하면 다들 못 믿겠다고 말한다.

아이를 하나의 인격체로 생각하고 나니, 나는 놀랍게도 아이들 앞에서도 예의 그 조심스럽고 소심한 사람이 되었다. 아이들이 자랄수록 그 성향은 점차 강해졌다. 아이들 앞에서도 이왕이면 멋진 엄마가 되고 싶었던 거다. 나는 아이들 앞에서도 함부로 방귀를 뀌거나 널브러져 있지 않고, 아이들이 못 알아듣는다고 다른 사람 욕을 하지 않았다. 매번 껌딱지처럼 붙어 있는 아이들을 이런 식으로 의식하며 산다는 건 쉬운 일은 아니었다. 사실 불편함과는 별개로 아이들에게 엄마의 소심함은 들키고 싶지 않고 당당한 모습을 보여주고 싶었던 마음도 있었다. 하지만 소심해서 좋은 점이 분명히 있다.

아이들에게 함부로 말을 뱉지 않는다는 것은, 그 모든 단점을 상쇄시킬만한 최고의 장점이라고 나는 믿는다. 아이들에게 잔소리할 때도 머릿속으로 여러 번 할 말을 생각하는 나의 소심함은 어김없이 발휘되는데 이 점이 생각보다 좋은 영향력을 가졌다.

숙제도 안 하고 탱자탱자 노는 모습이 너무 꼴 보기 싫어서 '숙제부터 하고 놀아!' 빽! 소리 지르려다가도 '하긴 숙제가 좋은 사람이 어딨겠어'라는 자문자답을 하면서 그 잔소리를 꾹 삼킨다. 핸드폰 게임에 푹 빠진 모습이 싫어서 '핸드폰 갖다 버린다' 말하려다가도 '나는 뭐 드라마에 빠졌을 때 안 그랬나' 혼자 괜히 찔려서 또 그 말을 삼킨다. 그렇게 한 번 삼키고 두 번 삼키다 보면, 막상 아이들한테 할 잔소리가 없다는 놀라운 일이 벌어진다.

덕분에 우리 집에서는 엄마의 큰소리가 들리는 일이 전혀 없다고 해도 무방하다. 화를 내거나 혼낸 일이 언젠지 까마득하다. 이렇게 잔소리 안 하는 엄마가 어딨냐며 생색을 낸 덕분에 아이들은 엄마가 한 번 말하면 들을 줄 알게 되었고, 어릴 때부터도 대화로 서로를 설득할 수 있는 관계가 되었다. 세 아이끼리도 서로 싸우는 일이 분기에 한 번 정도 일어날까 말까 한다는 것은 소심한 내가 내세울 수 있는 가장 큰 자랑거리다.

물론, 나는 이게 아이들의 미래를 위해서 잘하는 건지는 모른다. 어쩌면 잔소리도 하고 훈계도 하면서 키워야 공부도 좀 할 줄 아는 아이로 자랄 수 있겠지만, 그 부분은 내가 중심을 잡고 가면 문제 없을 거라는 생각이다. 성적 조금 잘 받고 좋은 대학교 가는 것보다는 엄마가 함부로 뱉은 말에 상처 입지 않은 아이들이 되는 게 더 좋다.

소심해서 어디 밖에 나가서 '내 새끼 다치게 한 사람 누구야?' 하고 큰소리 한 번 못 치는 엄마지만, 그래도 내가 아이들을 다치게 하고 아프게 하지 않는다고 큰소리칠 수 있으니 다행이다. 물론, 그건 지금까지만 유효한 일이다. 아이의 사춘기를 지내보지 않고는 그 어떤 것도 장담할 수 없다는 선배 엄마들의 말에 사실은 벌써 긴장하고 있다.

"누나는 눈이 엉덩이에 달렸어?"

대학교 때, 후배 남자 녀석이 남자를 고르는 내 눈에 대해 한 말이다. '눈이 낮다'는 표현도 모자라 눈이 엉덩이에 달려 있다고 할 정도로 남자 보는 내 눈은 어지간히 형편없었나 보다. 물론 그건 남들이 보는 기준일 뿐이다. 나는 나름대로 사람을 잘 본다고 우긴다. 다만, 그 사람의 '좋은 점'을 쉽게 발견하는 것은⋯. 어쩔 수 없이 인정! 그것은 나의 장점이기도 하고 단점이기도 하다.

실제로 모든 면에서 눈이 낮은 건 사실이다. 쉽게 만족을 한다는 의미도 되겠다. 예를 들면 나의 친언니는 '지아가 맛있다고 하는 식당은 절대 가지 않겠다'라는 원칙을 세웠다고 한다. 물론 여러 번 당했기 때문에 내린 결론이긴 하지만 내 딴에는 서운했다. 내가 추천한 식당이 그 정도인가 싶다. 그리고 내 기준에서는 맛있는걸?! 그리고 보니 웬만한 음식이 다 맛있는 건 어쩔 수 없는 일이다. 음식점에 가는 순간 우선 '오픈 마인드'가 된다고 해야 할까? 내가 음식을 하지 않아도 된다는 것만으로도 이미 너그러워진 마음은 뭘 먹어도 '오! 굿!'. 게다가 이 음식을 한 사람은 분명히 나보다는 전문가일 거라는 생각이 드니, 웬만해서는 맛있지 않을 수가 없다.

그러니 나에게는 남들이 말하는 '취향'이라는 것이 별로 없다. 흔히 '아무거나'라고 말하는 사람들이 짜증 난다고 하고, 자기 의견을 내세우지 못하는 소심한 사람들이 '아무거나'라고 말한다고 하지만, 실제로 '아무거나' 다 괜찮은 것이 진짜 내 마음이다. 그 무엇을 먹어도 맛있고 그 무엇을 봐도 재밌다.

방송작가라는 직업은 불과 몇 년 전까지만 해도 일반인들에게 잘 알려지지 않은 직업이었다. 내가 방송을 하던 초반만 해도 작가가 글을 써준다는 사실에 놀라는 사람들이 많을 정도였으니까. 실제로 라디오는 더했다. 대부분의 사람은 당연히 MC가 하는 얘기인 걸로 알고 있었고, 언젠가는 치약이 다 떨어졌다는 내용으로 오프닝을 썼을 때는 MC에게 치약을 보내주겠다고 하기도 했다. 내 직업에서 나는 그림자처럼 존재하지 않는 사람이었다.

매일 생방송으로 진행되는 한 연예정보프로그램에서 일한 적이 있었다. 그 날 최고의 이슈는 '강동원 입대'였는데, 프로그램 특성상 누가 이 장면을 가장 빨리 송출하느냐가 관건이었다. 촬영팀은 아침 일찍 강원도에 가서 그의 입대 장면을 찍고 서울로 돌아왔다. 그렇게 해서 4시 생방송에 내보내야만 했으니, 이것은 거의 '편집'이라는 과정을 거칠 수 없는 일이었다. 당연히 원고를 쓸 시간도 없었는데 하필이면 그 일이 나에게 떨어졌다. 촬영팀이 돌아오는 동안 나는 인터넷 기사를 토대로 화면은 보지도 못한 채 상상의 원고를 작성했다. 그렇게 생방송이 시작되었다.

편집본의 길이도 전혀 알지 못한 채 촬영본 수준의 내용이 플레이 됐고, 나는 MC 옆에서 수기로 원고를 쓰기 시작했다. 나름 연예뉴스에 뼈가 굵은 MC와는 호흡이 잘 맞았지만, 그렇게 위태로운 방송이 이어져 가던 어느 순간에 카메라가 스튜디오로 넘어와 버렸다. 보통은 ENG 화면이 끝나기 전에 다들 준비를 하고 있기 마련이다. 하지만 아무도 언제 끝날지 알 수 없던 상황이었으니 신호를 주지 못했고, MC 옆에 서 있던 내가 생방송으로 그대로 나가버린 것이다. 화들짝 놀라 허리를 수그리고 스튜디오를 빠져나오는 어리바리한 모습이 그대로 다 송출이 되었다.

방송이 끝난 후에는 물론 담당 피디에게 한소리 들어야 했다. 편집본을 보지도 못하고 원고를 잘 쓴다 싶었는데 그렇게 카메라 앞에 나오면 어떡하냐고. 지금이야 자주 작가를 비롯한 제작진들이 카메라 앞에 나오긴 하지만, 그때만 해도 제작진이 카메라에 비추는 것은 그야말로 대형 방송사고였던 시절이다.

그림자로 오랜 세월 일해 보니 자꾸 그림자가 보인다. 그림자의 심정과 고충을 알겠다. 그래서 영화나 드라마, 방송프로그램을 볼 때면 어느 것 하나 허투루 넘어가지 않게 된다. 저 장면 하나를 위해서 현장에서는 얼마나 힘들었을지, 편집을 하느라, 음악을 까느라, 자막을 넣느

소심이 병은 아니잖아요?

라 얼마나 많은 사람이 고생했을지가 자꾸 눈에 보인다. 아마 내가 짐작하는 그림자보다 훨씬 많은 그림자가 있었기에 저 장면이 탄생했을 것이다. 그 이면에 있는 많은 사람의 수고가 보이다 보니 모든 영화와 드라마가 재밌다는 것이 내 눈이 낮은 것에 대한 핑계라면 핑계겠다.

같은 영화를 보고 나와서도 친구들이 "진짜 재미없다"고 할 때마다 그 말에 동조하지 못했다. 소심하게 '나는 재밌던데…'라고 얼버무리는 게 대부분이었다. 어쩌면 영화 한 편을 온전히 영화로 보지 못하는 것은 서글픈 직업병인지도 모르겠다. 하지만 덕분에 나는 즐길 거리가 엄청 많은 사람이 되었으니 감사한 일이다.

취향은 없는 사람이지만 대신 나에게는 투시력이 있다. 어디에서든 남들이 보지 못하는 '사람의 수고'를 볼 수 있다. 맛있는 음식 앞에서는 그 음식이 만들어지기까지의 손길을 짐작할 수 있다. 그래서 맛있고 감사하게 먹게 된다. 어느 정도의 부족한 부분도 쉽게 용납이 된다. 깨끗한 펜션에 가서는 펜션을 이렇게 관리하기 위해 노력한 사람들의 수고가 보인다. 그러니 펜션에서 나올 때는 그 수고가 덜하게끔 최대한 정리를 하고 나온다. 가끔은 나에게 주어진 작은 권리조차 누리지 못하는 이런 내 모습이 불만스러울 때도 있지만 이렇게 사는 게 훨씬 편한 걸 어쩌겠는가.

세상은 수많은 그림자 덕분에 돌아가는 곳이다. 나 역시 그런 그림자의 한 사람이고, 그 그림자를 볼 수 있는 내가 좋다.

*

성공하고 싶었다. 이건 참 웃긴 말이다. 나는 '성공'의 의미가 뭔지
도 모른 채, 성공을 좇고 있었기 때문이다. 깊이 생각하지 않았다. 내가
생각하는 성공이 어떤 의미인지. 그냥 남들이 대부분 생각하는 것처럼,
내 이름 석 자를 알리고 싶었고 돈도 벌고 싶었다. 그것이 내가 생각한
단순한 의미의 성공이었다.

그래서 제일 먼저 한 일은, 제일 많이 한 일은 '책'을 읽는 일이었
다. 자기계발서를 참 부지런히도 읽었다. 게다가 억지로 읽은 것이 아
니었다. 정말 너무 재미있었다. 책을 읽는 그동안만은 나는 뭐든지 할
수 있는 사람이 되었다. 7가지 습관만 갖추면 될 거 같았고, 독서천재
가 되면 될 거 같았고, 그릿을 갖추면 될 거 같고, 1만 시간 노력하면
될 거 같았다. 간절히 바라기만 해도 우주가 이뤄준다는데, 그처럼 쉬
운 일이 어디 있을까 싶었다.

그런데 성공이란 녀석은 그렇게 쉽고 만만한 녀석이 아니었다. 아니 어쩌면, 그것은 내가 부족했기 때문인지도 모른다. 간절히 바라기만 해도 된다는데, 고백하건대 그 어느 것 하나 간절히 바란 적도 없는 게 사실이었다.

맞다. 그렇게 따지고 보면, 나는 세상이 말하는 성공의 법칙과는 아무런 관계가 없는 사람이었다. 가장 대표적인 것, 나는 '끈기'라는 것은 눈을 천 번을 씻고 찾아봐도 없는 사람이다. 고등학교 시절, 늘 집합 부분만 새까맸던 《수학의 정석》처럼 언제나 그 어떤 굳은 다짐도 길어야 작심삼일이었다. 그러니 '끈질긴 놈이 이긴다'는 성공 법칙과는 너무 먼 사람이다.

성공의 법칙으로 'DID 정신'을 말한 사람도 있다. 뭔가 있어 보이는 이름이지만, 우리말로 하면 '들이대'의 약자다. 김흥국 아저씨처럼 무작정 들이대란다. 소심한 나는 이 들이대는 일도 너무나 어려웠다. 세상엔 그렇게 너무나 많은 성공의 법칙이 있고 하나같이 쉽다고 말했지만, 하나같이 어려웠다. 그 법칙만이 진리라면 나는 백 퍼센트 실패하는 사람이 되어야 맞다. 물론, 지금의 나는 성공하지 못했다.

그러다가 얼마 전부터 본격적으로 글을 쓰는 삶을 살면서 나는 처음으로 깨달았다. 만약에, 만약에 그래도 내가 성공한다면 내가 원하는 삶을 산다면, 그것은 순전히 '글쓰기' 때문이라는 사실을. 세상의 수많은 자기계발서에서 얘기하는 '글쓰기', 글을 쓰는 사람이 종국에서는 성공한다는 그것에 딱 하나 부합되는 것이다.

나는 내가 기억하지 못하는 순간부터 쓰는 사람이었다. 그냥 썼다.

물론 이 역시도 꾸준한 놈이 이긴다는 성공의 법칙에 반대로 가듯이 완벽히 꾸준히는 쓰지 못했지만, 어쨌든 나는 쓰는 사람이었다. 약 20년 가까이 직업적으로 글을 썼고, 그러다 보니 잊고 있었다. 내가 쓰는 사람이라는 사실을.

아마도 시작은 낙서였을 것이다. 그러다가 어설픈 글짓기를 했을 초등학교 시절부터 되지도 않는 시집을 혼자서 쓰고 매일매일 친구와 편지를 주고받던 고등학교 시절, 나를 대학에 입학하게 해준 논술고사와 대학교 3학년 때부터 시작한 방송작가로서의 글쓰기까지. 나는 늘 글을 쓰면서 살고 있었다. 그것이 내 얘기가 아니라 직업이었기 때문에 '글 쓰는 삶'과 제대로 연결 짓지 못했을 뿐이다.

이제야 처음으로 나에 대한 글을 쓰면서 기분 좋은 상상을 한다. 내가 만약 성공한다면, 세상의 자기계발서에서 말하는 그 모든 것과 반대인 너무도 부족한 나라는 사람이 성공한다면, 그건 순전히 글쓰기 때문이라는 책을 내는 것이다. 그 책이 나와 같은 사람들에게 힘이 돼줄 것을 생각하면 너무나 기분이 좋다.

글을 쓰는 일은 탈출구다. 세상이 무너져도 솟아날 구멍이 있다면, 그 구멍은 바로 글쓰기일 것이다. 나는 내가 소심하다는 것을 말로 하지 못할 정도로 소심한 사람이었지만 글로 여과 없이 드러냈고, 아이러니하게도 소심함을 극복하는 기대치 못한 효과까지 거뒀다.

입 밖으로 내지 못할 때는 그렇게도 두려웠는데 막상 글로 써서 인정하고 나니, 부딪히는 일에 두려움이 없어진다. 정말 웃기게도 요즘은 음식 배달 전화도 잘하고, 남편한테 대들기도 잘하는 부작용 아닌 부작용도 생겼다.

　내가 하면 당신은 분명히 할 수 있다. 세상에서 성공의 가장 반대편에 서 있는 내가 글쓰기로 변해가고 있다면 당신은 더더욱 가능하다. 우리 그렇게 글쓰기를 통해서 성공과 가까이 가보자. 우리가 바라는 성공이 무엇인지 생각해보면서 말이다. 우리는 이제 글쓰기 동지가 되었다.

소심함은 대부분 알지 못하는 데서 온다. 그런데 이번 경우는 다르다. 명품에 대해 알지 못한다. 그래서 명품백 앞에서 소심해지지 않는다.

대학교 2학년 때인가 도매시장에서 아주 마음에 드는 가방을 발견했다. 꽤 오랫동안 잘 매고 다녔는데, 고등학교 동창 모임에서 한 친구가 물었다.

"이거 진짜야?"

그냥 시장표 가방인 줄 알았는데 알고 봤더니 엄청 유명한 명품 짝퉁이었다. 그 정도로 명품에 대해 무지했고, 지금도 어떤 브랜드였는지 이름이 기억나지 않는다. 다만 그 날 이후, 그렇게도 좋아했던 그 가방이 싫어졌다. 명품을 들지 못할지언정 짝퉁을 드는 사람은 되고 싶지 않은 일종의 마지막 자존심이었나 보다.

몇백만 원씩 주고 가방을 산다는 사실이 이해되지 않았다. 그 돈으로 다른 걸 얼마든지 살 수 있다고 생각했다. 한 번도 명품 가방이 탐나지 않았고, 어쩌다 가격을 알고 난 다음에는 더더욱 탐나지 않았다. 덕분에 명품에 관한 관심을 뚝 끊을 수 있었고 관심이 없으니 무지했다.

모든 여자가 명품백을 좋아할 거라는 생각은 남자들의 착각이다. 남편 역시 나에게 몇 번이고 명품백을 사주고 싶어 했다. 아니라고, 정말 필요 없다고 아무리 얘기해도 남편은 돈 걱정에 하는 말이라고 생각했나 보다. 남편 성화에 어쩔 수 없이 함께 명품매장에 갔다. 태어나 처음 있는 일이지만 평소와는 달리 모르기 때문에 쫄지 않았다.

아무 생각 없이 진열된 가방을 둘러 보다가 마음에 드는 가방을 들어보려고 하는데 직원이 황급히 나를 말렸다. 영문을 모르고 멀뚱히 서 있는 사이, 직원이 손에 새하얀 장갑을 끼고 돌아와서는 나에게 가방을 들어 보였다. 아주 소중히. 웃음이 나오는 걸 참느라 혼났다.

가방을 모시고 다니는 사람들을 종종 봤다. 비가 오면 가방으로 머리를 감싸는 것이 아니라 온몸으로 가방을 감싼다. 뷔페 음식점에 가서도 가방을 들고 불편하게 음식을 담으러 다닌다. 가방을 절대 바닥에 내려놓지 않는다. '그럴 거면 가방을 왜 들고 다녀?' 묻고 싶었다.

방송국에서 꽤 마음에 들어 하던 리포터 후배가 있었다. 생긴 것도 예쁘장하고 똘똘하고 당당한 아이여서 근무 중에 가끔 곁눈질로 훔쳐보고 했다. 남자들에게도 제법 인기가 있는 듯했는데, 어느 날 새로 사귄 남자친구가 명품백을 사줬다며 이야기를 시작했다.

무슨 매장이었더라? 어쨌든 백화점 어느 명품매장에 가서 얼마였더라? 어쨌든 얼마짜리 그 가방을 사기까지의 드라마틱한 이야기를 늘어놓다가 그녀는 그만 침을 주르륵 흘렸다. 침 삼킬 새도 없이 자랑하다가 침을 튀긴 것도 모자라 벌어진 그 사태에 그녀보다 내가 더 당황했다. 황급히 못 본 척 시선을 돌렸다. 그래 좋았겠지. 그녀의 마음을 이해한다. 하지만 그녀가 이전보다 멋있어 보이지 않는 건 어쩔 수 없다.

물론 개인의 취향이다. 다만 안타까운 것은 명품백을 살만한 충분한 형편이 아닌데, 그것에 목을 매는 사람들의 경우다. 그저 갖고 싶다는 이유로, 나만 명품백이 없다는 이유로, 요즘은 그런 거 하나쯤은 다 갖고 있어야 한다는 이유로 자신의 미래를 저당잡고 죄 없는 남자친구나 남편까지 잡는 사람들이 안타깝다.

매번 새 학년이 시작되는 3월이 다가오면 맘카페에는 비슷한 고민 글이 올라온다. '입학식을 앞두고 명품백을 하나 사야 하나요?' 뭐 이런 내용의 고민글. 얼마 전 본 글도 비슷한 내용이었다. 주변에서 말하길 입학식이나 학교에 상담하러 갈 때, 엄마들끼리 모임 할 때, 서로 가방 뭐 들고 왔는지 흘깃흘깃 본다면서 명품백 하나 장만하는 게 좋다고 했단다. 정말 그러냐고 선배 엄마들의 의견을 묻는 글에 매번 댓글도 비슷비슷하게 이어진다. 이왕 하나 사두는 것도 좋다고 하는 사람도 있고, 자기는 관심 없다는 사람도 있다. 어떤 사람은 나이가 들면 나이에 맞는 명품백 하나 정도는 있어야 한다고 우아하게 충고했다. 그 중 확연하게 달렸던 댓글 하나.

'다 필요 없습니다. 명품백이고 뭐고 날씬한 엄마만 보입니다.'

가장 현실적인 이 댓글은 다른 엄마들의 엄청난 공감을 샀다. 나도 깔깔깔 웃으며 격하게 공감했다. 명품백보다는 날씬한 몸매가 훨씬 더 갖고 싶다. 조금 더 나아가서 뭐 조금 손이 오그라들긴 하지만, 내 자체가 명품이 되고 싶은 게 솔직한 심정이다.

어쩌면 명품의 가치를 모르니까 당신이 이런 무식한 말을 하는 거라면서 친절하게 가르쳐 주고 싶은 사람도 있을 것이다. 정중히 사양한다. 그러잖아도 이 세상 살면서 소심해지는 게 많아 걱정인 사람인데 굳이 하나를 더 추가하고 싶지 않다. 그냥 이렇게 명품백 하나쯤은 모르는 채로 쭉 당당하게 사는 편이 훨씬 더 좋다.

아이가 학교에 들어가는 나이가 되고 나니 가장 걱정되는 것은 역시 학교생활이었다. 혹시나 학교폭력의 피해자가 되지는 않을까. 일어나지도 않은 일들을 애써 상상해가면서 혼자 나름의 대비를 하기도 했다. 그런데 이상하다. 아무리 여러 상황을 상상하고 또 고민해봐도 나는 우리 아이가 가해자보다는 피해자가 되길 바라고 있었다. 물론 둘 중 어느 한쪽이라도 되지 않는 것이 최선이지만, 만약 선택해야 한다면 가해자가 되기보다는 피해자가 되는 편이 나을 것 같았다.

한때 주위 사람들은 나를 '시녀병'이라고 놀렸다. '공주병'의 반대편에 있는 '시녀병'. 누가 시키지 않아도 알아서 기는 사람. 듣기에 썩 유쾌하진 않았지만, 엄연한 사실이었다.

회식 자리에 가면 알아서 방석을 착착 깔고, 수저와 물잔을 세팅하고, 삼겹살은 당연히 내가 구어야 했다. 아무도 강요하지 않았지만, 그렇게 하는 것이 편했다. 누군가로부터 대접을 받는 일이 불편한, 그야말로 정말 딱 시녀였다.

연애할 때도 마찬가지였다. 누군가를 먼저 차는 일에 익숙하지 않았다. 과정이야 어쨌든지 언제나 먼저 버림받는 쪽은 나였다. 비련의 여주인공이 되지 못해 안달이라도 났던 건지, 차이고 울고불고 술 취해 전화해서 진상을 떨곤 했다. 심지어는 양다리를 걸친 게 딱 들켜서 속 시원히 욕을 하고 헤어져도 모자랄 놈한테도 나는 차였다. 미안해서 더 이상 못 만나겠다고 하는 놈한테 나는 울며불며 계속 만나자고 빌었다. 아직 학생이었던 그에게 내가 학교 리포트도 다 써줄 테니 그렇게 나를 이용하라고도 말한, 정신 나간 년이 나였다.

나는 그동안 내가 나약하고 소심해서 알아서 기는 사람이라고 생각했다. 그래서 그런 내 모습이 실망스러웠다. 그것도 모자라서 이젠 하다 하다 차라리 내 아이가 피해자가 되길 바라는 내 마음을 보면서는 기가 막혔다. 하지만 내가 왜 그런 생각을 하게 됐는지 몇 번이고 자문하다가 깨달았다.

우리 아이가 만약에라도 피해자가 된다면, 적어도 엄마로서 내가 아이의 아픔과 상처를 덜어줄 수 있을 것이다. 내 아이니까. 이 아이가 어떤 아이인지, 어떤 생각을 가졌는지, 어떤 말이 위로가 될지 알고 있으니 내 온 마음을 다해 아이를 위로해주면서 함께 그 상황을 헤쳐 나갈 것이다. 죽이 되든 밥이 되든 그건 내 아이와 나의 몫이다. 그러니 견딜 수 있다.

하지만 만약 가해자가 된다면? 가해자인 내 아이의 마음을 들여다

보고, 잘못된 것은 가르치고, 다시는 그런 나쁜 행동을 하지 않도록 처음부터 자식 교육을 다시 시작할 수도 있다. 하지만 그뿐이다. 나와 내 아이가 아무리 진심으로 무릎을 꿇고 빌어도 피해자와 그 부모를 위로할 수 없다. 내가 할 수 있는 그 모든 일을 한다고 해도, 그 아이가 상처를 이겨내고 앞으로 잘 생활할 수 있을지 모르는 일이다. 그저 진심으로 사죄하고 눈물로 기도하고 기다릴 수밖에 없다. 그 이상은 내가 감당할 수 있는 일이 아니다.

상처 주기보다 상처받길 선택한 이유는 알고 보니 간단했다. 나는 그 상처를 이겨낼 수 있을 거라는 자신이 있기 때문이다. 적어도 내 감정은 내가 책임질 수 있으니, 상대방에게 아픔과 상처를 주고 불안해하는 것보다는 훨씬 더 나을 거로 생각했다.

뭐 물론 대부분의 사람은 나보다 더 강한 멘탈을 가졌으니, 당연히 상처와 아픔 가운데서도 분연히 일어날 것이다. 하지만 결코 내가 장담할 수 없는 일이다. 그러니 누군가 상처를 받아야 한다면, 내가 상처받길 택한 것이다. 나는 그 어떤 상처도 극복하고 이겨낼 수 있으니까. 어쩌면 나는 생각보다 더 강한 사람인지도 모른다.

예전에도 그렇고 지금도 나는 누군가에게 상처를 주고 살고 있을 것이다. 나의 결론은 언제나 상처 '받는' 삶을 택하는 쪽이었으니, 상처를 주는 것이 의도한 일은 아닌 것은 분명하다. 그런데도 나에게 상처받은 모든 사람과 또 다른 상처 입은 누군가가 씩씩하게 삶을 살아가길 바란다. 우리는 어쩌면 자기가 생각한 것보다 훨씬 강한 사람들인지도 모른다.

당연한 일이 정말
당연한 일일까?

음식점에 가서 음식을 먹고 나올 때, 상점에 가서 물건을 사서 나올 때, 항상 "고맙습니다"라고 인사를 한다. 언젠가 한 지인이 못마땅하다는 듯이 물은 적이 있다. 네가 네 돈 주고 사서 나오는데 왜 고맙냐고. 고마워야 할 사람은 저쪽이라고. 누구였는지 기억나지 않는다. 솔직한 마음을 말하지 못하고 어색하게 웃으며 "그냥"이라고 얼버무렸던 걸 보니 친한 사람은 아니었던 것 같다.

친한 사람이었다면 나에게 이런 질문을 하지도 않았겠지만, 나 역시 구구절절 반박했을 것이다. 세상에 온전하게 주고 온전하게 받는 관계가 어디 있냐고. 하다못해 기부할 때도 내가 물질적인 도움을 주는 대신 심리적 만족감과 보람을 얻는 거니, 그것은 온전하게 주는 것이 아니고 서로 주고받는 것이라고. 세상에는 '고맙다'는 말을 해야 하는 사람과 들어야 할 사람이 따로 정해진 것이 아니라고. 아마 조금 흥

분할지도 모르겠다.

대학 시절 커피숍에서 아르바이트를 한 적이 있다. 엄청나게 고생스러운 일은 아니었으니 어디 명함 내밀 만한 경험은 못 된다. 그래도 내 딴에는 힘들었다. 대학가 앞 작은 커피숍이었지만, 꽤 바빴고 종종 혼자서 일할 때면 음료도 만들고 서빙도 하느라 잠깐 사이에 정신을 놓을 때도 있었다.

아직도 그때 맞이했던 크리스마스이브가 기억난다. 5시에서 10시 사이, 테이블이 겨우 열두 개였던 커피숍에 어떻게 그렇게 손님이 몰아치나 싶을 정도였다. 5시간을 꼬박 서서 온 커피숍을 돌아다니느라 다리가 내 다리가 아니었다. 거의 기계적으로 주문을 받고, 서빙을 하고, 손님이 떠난 테이블을 치웠다. 몸이 힘든 것도 힘든 거지만, 불쑥 서러움이 찾아왔다. 남들은 크리스마스라고 저렇게 즐겁게 노는데, 나는 이게 무슨 고생인가 싶어서 처량한 느낌이 들자 더욱 힘들었다.

갓 스무 살, 대학생이 되어서 처음 시작한 나름의 사회생활이었으니 몸이 힘들 때보다 마음이 힘들 때가 더 많기도 했다. 그때마다 종종 병 주고 약 주는 것처럼 마음이 말랑말랑해지는 순간이 찾아오는데, 손님이 "고맙습니다"라고 말할 때였다. 그 말이 뭐라고 그렇게도 듣기 좋았다. 커피잔을 내려놓으면서, 쟁반을 들고 뒤돌아 나오면서 씨익 입꼬리가 올라갔다. '고맙습니다'는 마법의 언어였다.

오죽하면 스무 살의 나는 그때 큰 꿈을 품었다. "나중에 나는 커피숍을 차려야지. 이 커피숍에서는 '고맙습니다'라고 인사하는 손님한테는 돈을 받지 않는 거야. 왜 돈을 받지 않는지 손님은 의아하겠지. 하지

　　　　　　　　　소심이 병은 아니잖아요?

만 끝까지 비밀을 말해선 안 돼. 어쨌든 나도 돈은 벌어야 하니까.”

'고맙습니다'라고 말하면 돈을 받지 않는 카페를 상상하면서 혼자 참 행복했다.

감사해야 할 사람과 받아야 할 사람의 관계는 누가 정하는가? 돈을 주는 사람은 감사를 받아야 하고, 돈을 받는 사람은 감사해야 한다고 생각하지 않는다. 관계라는 것이 겨우 '돈'에 의해서 정해진다고 생각하면 사는 게 더 서글퍼진다. 돈을 내는 사람이니 당연히 대접받아야 한다는 생각이 우리 사회의 갑질을 만들어냈다.

음식점에 가서 필요한 게 있을 때마다 무작정 직원을 부르지 않는 것은 오래된 습관이다. 필요한 게 있어도 우선 가게 안의 상황을 살핀다. 조금 바쁘다 싶으면 잠시 기다리거나 직원이 있는 곳까지 가서 이야기하곤 한다. 물티슈나 앞접시, 가위 같은 것들은 그렇게 바로 받아서 돌아온다. 직원은 우리 테이블까지 와서 요구사항을 듣고, 다시 갔다가, 그것을 다시 갖고 오는 왕복 두 번의 걸음을 줄일 수 있고, 나는 기다리지 않아서 좋다. 남편과 갈 때는 대부분 이 수고를 남편이 대신해주는데 군말 없이 나의 작은 원칙을 따라주는 것이 늘 고맙다.

종종 일행 중에 나의 그런 행동을 불편해하는 사람들도 있다. 오히려 더 방해될 수도 있다고 말하지만, 나는 그렇게 눈치 없는 사람은 아니다. 대부분은 “아이고, 저희가 갖다 드려야 하는데” 하면서 고마워한다. 돈 내고 먹으면서 뭘 그렇게 비굴하게 구냐고 하는 사람도 있었다. 미안하지만, 그런 말을 듣는 순간 마음속으로 선을 그어버린다. 모든 관계를 돈을 중심으로 생각하는 사람과는 상종하고 싶지 않다. 내가 가는 모든 음식점에서 나는 서빙 아르바이트를 했던 젊은 시절의 나를, 오랫동안 음식점을 하셨던 부모님을 만난다. 그래서 그냥 다 고맙다.

물론, 세상 사는 게 다 내 맘 같지는 않아서 불행히도 불친절한 직원을 만날 때가 있다. 하필 지금 우리 집 앞 편의점 아르바이트생이 그렇다. 손님이 오든 가든 한 번도 인사를 하지 않고 늘 퉁명한 얼굴을 한 (정말이지 그 이유가 궁금한 것은 번외로 치고) 그 학생에게는 나만의 복수를 한다. 계산하고 물건을 받아 나오면서 인사하지 않는 것이다. 물론 그 친구는 결코 알 수 없을 소심한 복수겠지만 내 딴에는 이건 엄청난 형벌이다. '고맙습니다'라는 말이 주는 그 묘한 마법을 선사하지 않았으니. 다만, 그마저도 바짝 정신을 차리지 않으면, 나도 모르게 "고맙습니다" 하는 바람에 문을 닫고 나오며 '아오~! 인사해버렸어!' 하고 혼자 억울해하는 순간이 더 많지만 말이다.

소심이 병은 아니잖아요?

사막을 횡단한 한 여행가에게 기자들이 물었다. 횡단 중에 가장 힘들었던 일이 무엇이었는지를. 뜨거운 햇볕, 아니면 타는 듯한 갈증? 혼자 걷는 지독한 외로움, 아니면 육체적인 고통? 기자들이 짐작한 것과는 전혀 다른 의외의 대답이 나왔다. 사막을 걷는 내내 그를 괴롭혔던 것은 신발 속을 파고드는 작은 모래알갱이였다고 한다.

어느 책에서 읽은 이 얘기를 라디오 원고를 쓸 때 인용한 적이 있다. 삶을 힘들게 하는 문제들이 생각보다 작은 것들이라는 의미에서였다. 비슷한 내용의 글도 생각난다. 인생을 괴롭히는 것은 작은 문제고, 큰 문제는 오히려 사람을 성숙하게 한다고 했던가.

작은 문제가 인생을 괴롭게 만드는 이유는 생각보다 간단하다. 작기 때문이다. 그래서 예상하지 못했기 때문이다. 예상하지 않았던 작은 문제에 짜증 나는 마음 때문에 일은 더욱 괴로워지기 마련이다.

여행을 떠날 때도 마찬가지다. 여행을 떠날 때 우리는 안 될 거라는 걸 알면서도 완벽한 여행을 계획하곤 한다. 완벽한 여행을 위해서 당연히 신경 써야 할 교통이나 숙박, 먹거리 같은 큰 이슈들은 짐작도 대처도 가능하다. 그런데 여행을 망치는 것들은 아주 사소한 것들이다.

예를 들면 완벽한 숙소인데 수압이 낮다? 나는 수압이 낮은 곳에서 샤워해야 한다는 이유만으로도 고급 호텔보다 우리 집을 더 좋아하는 변태적인 성향을 갖고 있다. 그것만으로도 나는 매일 아침, 또는 숙소에 돌아와서 씻을 생각을 하는 것만으로 스트레스를 받는 것이다. 그렇다고 숙소를 예약하면서 수압까지 체크할 수는 없는 일 아닌가.

방송을 만들면서 현장에서 매우 큰 영향을 미치는 것이, 바로 차량 운행 기사님이다. 방송 역시 결국엔 사람이 만드는 것이고, 그러다 보니 소위 말하는 '분위기'라는 것을 타게 되는데, 방송 현장의 분위기를 좌우하는 것 중의 하나가 바로 운행 기사님의 성향이다.

언뜻 생각하면, 방송 촬영 현장에 직접 있지 않은 사람이 뭐 그리 큰 영향을 미칠까 싶겠지만, 그래서 처음에 살짝 언질을 두지 않았는가. 사막횡단에서 가장 고통스러웠던 일은 바로 모래알갱이라고. 사소하지만 절대 사소하지 않은 것 말이다.

사실, 택시기사님을 떠올려 봐도 그건 이해하기 쉬운 일이다. 택시기사님 한 번 잘못 만났다가 하루를 완전히 망쳐 버린 경험은 누구나 한 번쯤은 있을 법인 일이지 않은가. 차에 있는 그 시간 동안 누군가에게 운전대를 맡긴다는 것은, 그 누군가로 인해 내 기분이 망가질 수도 있다는 것을 염두에 둬야 하는 일이다.

정말 인성이 별로인 운행 기사님을 만나게 되면 그 날 하루 촬영을 망쳐버릴 수도 있다는 각오를 해야 한다. 게다가 만약 그게 2박 3일, 또는 그 이상의 출장이라면 그때는 더더욱 중요한 부분을 차지한다. 물론 반대의 경우도 있기 마련이다. 나 역시 어느 날인가 담당 피디 때문에 너무 화가 나고 짜증이 나서 이 프로그램을 그만둬야 하나 심각하게 고민하면서 차에 탔다가 운행 기사님 때문에 마음이 풀려버린 날이 있다.

같이 잠깐의 답사를 다녀왔을 뿐이지만, 차에 있는 시간은 왕복 6시간 정도 되었고, 피디에게 화가 난 나는 조수석에 탔던 터였다. 운행 기사 선생님은 적당히 가벼운 대화를 나눌 줄 알았고, 다른 스태프들과의 대화에서도 흔히 말하는 낄끼빠빠를 조화롭게 유지하셨다. 덕분에 차 안에 흐르는 공기 자체가 따뜻해진 느낌이랄까.

그 좁은 차 안에서 냉기가 흐를 때는 그 공기에 마음이 베일 수도 있다는 사실을 너무 잘 알기 때문에 나는 선생님이 만들어놓으신 그 따뜻한 공기가 좋았다. 아마도 그 안에 있던 모든 사람, 조금이라도 공감력이 있는 사람이라면 그 느낌을 알 수 있으리라.

거칠게 운전을 하고, 누군가의 질문에 퉁명스럽게 대답하고, 자꾸 힘들다는 표현을 대놓고 하는 분들은 차에 있는 누군가의 마음을 건드리고, 마음을 다친 그 사람은 방송 현장에서 또 다른 이의 마음마저 다치게 한다. 그러므로 한 사람의 힘은 생각보다 아주 강하다.

많은 사람이 기억했으면 좋겠다. 나와 당신 그리고 그 사람까지 우리는 사소하지만, 절대 사소하지 않은 중요한 사람들이다.

6 ─────────── 소심이 아니라
배려거든?!

방송인 노홍철은 전화를 끊을 때 '뿅!'이라는 말로 이제 전화를 끊겠다는 신호를 준다. 서로 누가 전화를 먼저 끊어야 할지 망설이는 낭비를 방지하기 위해서 스스로 만들어낸 신호다. '뿅!'이라는 말을 들으면 망설임 없이 전화를 끊으면 된다. 그 얘기를 듣고 생각했다. '이 사람 착한 사람이구나.'

말도 안 되는 결론인 걸 안다. 나는 종종 이렇게 엉뚱하고도 단순한 방식으로 사람을 판단하곤 하는데, 어쨌든 내 기준으로 전화를 끊는 말까지 만들어낸 사람은 분명 착한 사람이다. 그는 분명 "먼저 끊어~", "아니야, 네가 먼저 끊어~" 하는 상황을 많이 겪어보고 많이 고민해봤을 것이다.

상대방이 먼저 전화를 끊었을 때 '뚜뚜뚜' 하는 통화 종결음을 들어본 사람은 안다. 그 순간이 얼마나 외로운지. 버스정류장 앞에서 버스가 올 때까지 함께 기다려주다가 내가 버스에 오르는 순간, 망설임 없이 자기 갈 길을 가는 연인의 뒷모습을 바라본 적이 있는 사람은 안다. 가슴 한쪽을 스치고 지나가는 서늘한 바람을.

스마트폰이 생기고 나서는 모든 부분이 편해졌지만, 나와 같은 프로소심러에게는 차마 말 못 할 고민이 하나 생겼다. 바로 카톡이다.

서로 열심히 카톡으로 수다를 떨다가도 분명 대화를 끝내야 할 순간이 오기 마련이다. 그럴 때 둘 다 '뿅!' 하고 끊을 수 있으면 좋으련만 문자로는 그럴 수가 없다. 분명히 누군가의 말이 카톡 창 마지막에 남게 된다. 나는 내가 마지막이 되는 편을 택한다. '응'이라거나 아니면 '이모티콘'으로라도 마지막 말은 내가 남긴다.

그 마지막 순간이 나에겐 꼭 전화기 속 들려오는 '뚜뚜뚜' 소리 같다. 돌아서는 연인의 뒷모습 같다. 그래서 그 순간이 너무 외롭다. 그래서 그 외로운 순간을 상대방이 느끼게 하고 싶지 않다는 마음이 든다. 너무 외로워서 차라리 내가 견디고 말아야겠다는 희생을 택한다. 카톡을 주고받는 사람의 관계에 따라서 종종 이런 부담이 덜한 경우에는 그냥 마음 편히 상대의 마지막 인사를 받기도 하는데, 여전히 고민하긴 한다. 마지막 인사라도 할 걸 그랬나?

또 하나는 바로 카톡 단톡방의 문제다. 단톡방이 늘어나면서 프로소심러의 말 못 할 고민은 또 늘어났다. 종종 관계가 더 이상 이어지지 않는다거나 잡담이 너무 많이 오가서 나가고 싶은 단톡방이 있다. 돌아서면 쌓여 있는 수십 개의 카톡을 무시할 수 있는 성격이 못 된다. 그렇다고 그걸 다 읽자니 시간 낭비가 너무 심해서 스트레스가 된다. 그런데 거길⋯ 못 나가겠다.

'나가기' 표시 앞에서 한참을 망설인다. 간신히 누른다. '채팅방에서 나가시겠습니까?'라고 재차 확인한다. 그러면 '에라. 모르겠다'라고 '취소' 버튼을 누르고 마는 것이다. 채팅방 속 '○○님이 나갔습니다'라는 말이 나는 왜 그렇게 슬픈지 모르겠다. 전화기 속 '뚜뚜뚜' 소리 같다. 돌아서는 연인의 뒷모습 같다. 그에게 버림받은 나도 슬프고, 나간 그는 무슨 사연이 있어서 나갔는지 슬퍼진다. 혹시 그가 상처받은 건 아닌가 염려되고, 한편으로는 그렇게 박차고 나갈 수 있는 용기도 부럽다.

누군가 단톡방을 나갔다고 하면 잠시 생각한다. '이 사람은 무슨 이유로 이 방을 나갔을까?' 그리고 잠시 그의 이름을 한 번 바라보고 기억해둔다. 그것으로 끝이다. 뭔가 특별한 이유가 있지 않은 이상 나는 그렇게 그를 잊는다.

그 사람이 내가 되어도 다른 사람들 모두 마찬가지일 것이다. 내가 이렇게 고민하는 것과는 별개로, 내가 그 어떤 단톡방에서 나간다고 한들, 그다지 신경 쓸 사람은 없을 것이다. 대부분의 사람에게 그 정도의 여유는 없다. 그걸 알면서도 나가지 못하는 이유는 혹시나 나처럼 잠시라도 슬퍼할 사람이 단 한 명이라도 있을까 봐다. 그가 나처럼 잠깐 외롭거나 슬플까 봐. 이거야말로 진짜 쥐가 고양이 생각하는 격이다.

어차피 누군가는 전화를 끊어야 하고, 누군가는 대화를 끊어야 한다. 소심함에서는 둘째가라면 서러워할 나니, 그냥 모른 척 가만히 있어도 된다. 상대방이 나보다 소심할 리는 거의 없으므로.

　　　　　　　　소심이 병은 아니잖아요?

그러니 종종 상대방의 카톡을 씹어도 될 것이며, 마지막 인사 정도는 그에게 넘겨도 된다. 스트레스받는 단톡방이 있다면 확 나가버려도 그만이다. 그런데도 나는 여전히 모든 카톡마다 일일이 답장하며 끝인사를 내가 감당하려 하고, 카톡이 수백 개가 쌓이는 단톡방에서도 나가질 않는다. 스마트 시대와는 너무 동떨어진 좀 구질구질한 아날로그 감성인지도 모르겠다. 그래도, 나에게 그것은, 사람을 대하는 작은 예의다. 내가 싫은 건 남도 싫겠지. 나를 대하듯 남을 대한다.

**소심한 여자가 브런치와
사랑에 빠졌을 때**

사랑받고 싶었다. 내가 싫어하는 사람에게조차. '미움받을 용기' 같은 것은 소심한 나에게는 너무 어울리지 않는 먼 얘기였다. 사랑받아야 살 수 있을 것 같았다. 그래서 나는 먼저 사랑을 시작했다.

케케묵은 유행어 중에 가장 나를 찔리게 한 것은 '금사빠'였다. '금세 사랑에 빠지는 사람'. 바로 나였다. 단 하나의 이유만으로도 사랑에 빠질 수 있었다. 사랑하지 않을 이유보다 사랑할 단 하나의 이유를 찾는 편이 훨씬 더 편했다. 하지만 사람들은 늘 내 마음 같지 않았고, 금세 사랑에 빠졌다가 상처받는 나를 보고 주위 사람들은 진심을 담아 말했다.

"한 발만 담가."

막 사회생활을 시작하던 사회 초년생 시절, 정말 좋아하고 존경하던 선배 언니마저 이렇게 말했을 때는 조금 심각해졌다. 하지만 아무리 받아들이고 싶어도 도무지 이해할 수 없었다. 어떻게 사랑이라는 그 파도에 두 발이 아닌 한 발만 담글 수 있을까. 발끝만 담그고 싶어도 온몸이 다 젖는 게 사랑이라는 감정 아니던가.

주위 사람들 모두의 조언과 안타까움과 상관없이 쉽게 사랑에 빠지고, 쉽게 두 발을 담그고, 쉽게 상처 입었다. 모든 병에는 면역이 생기건만, 사랑에는 면역이 생기지 않았다. 똑같이 덤벼들었고, 똑같이 상처 입었고, 갈수록 더 아팠다.

결혼을 하고, 아이를 낳고, 다시는 사랑이라는 감정이 허락되지 않을 줄 알았다. 덕분에 다시는 상처 입지 않을 거로 생각했다. 그런데, 브런치 이거 이상하다. 아무리 생각해도 나는 '이상하다'라는 감정 이상으로는 이 브런치 세상을 설명할 수 없다. 엉겁결에 브런치를 시작했다가 흐지부지 그만둔 지 3개월, 다시 시작한 지 약 2주. 자꾸 누군가 라이킷을 누른다. 하늘색 점이 찍힐 때마다 기분이 이상하다. 자꾸 하늘색 점이 늘어간다. 라이킷이 늘어가고 구독이 늘어간다.

"이건 '진짜'다!"

SNS를 좋아하지 않는다. 나처럼 소심한 사람은 나를 드러내는 일을 별로 좋아하지도 않거니와 인간관계는 당연히 얼굴을 서로 맞대는 것이 진짜고, 그중에서도 좁고 길수록 좋다고 여긴다. 그런데 뭔가는 되고 싶었다. 참 웃긴 게 '나 여깄어요!'라고 세상이 알아줬으면 좋겠다는 생각이 들었다. 그랬더니 모든 사람이 '기본적으로' 블로그를 하라고 한다. 그래서 했다. 내 바람과는 달리 아무도 내가 여기에 있는지 알지 못했다.

이웃 수를 늘려야 한다고 했다. 애써 다른 사람들이 찾아볼 법한 글을 쓰고, 애써 다른 사람의 블로그를 방문했다. 소심한 마음 꾹 접고 용기를 내 '서로이웃추가'를 눌렀다. 누가 나에게 댓글을 남기면 나도 답방을 해서 댓글을 남겼다. 그게 예의니까. 내 마음처럼 그도 블로그를 통해 얻고 싶은 게 있을 테니까. 철저한 Give and Take. 나에게 블로그는 딱 그 느낌이었다.

그런데 이거 브런치 세상은 이상하다. 블로그를 할 때와는 달리 글자 크기며 색깔을 바꾸는 기교 같은 것은 부리지도 않았다. 누군가에게 잘 보이려고 애쓰지 않았다. 정확하게 말하면, 누가 있는지 누가 읽을지 관심조차 없었다. 그저 내 얘기를 썼다. 쓰고 싶어서 썼고, 만약 그 글을 통해 누군가 단 한 사람이라도 위로를 받으면 진심으로 좋겠다고 생각만 했을 뿐인데, 누가 자꾸 '라이킷'을 누른다. 자꾸 '구독'을 누른다. 내 얘기가 좋다고 말하고 내 얘기를 계속 보고 싶다고 말한다. 미치겠다. 너무 좋아서. 가짜가 판치는 세상 속에서 '이건 진짜다'라는 생각이 들어서 소름이 돋았다.

이 브런치 세상에서는 아무도 나를 모른다. 내 얼굴은 물론이거니와 내 본명 석 자조차 모른다. 그런데 내 모든 글을 다 읽은 독자는 나를 가장 잘 아는 사람이 된다. 내가 이제껏 만났던 사람들이 내 얼굴을 알고, 내 이름을 알고, 내 가족을 알지만, 진짜 나를 모르는 것과는 너무 다르다.

아무것도 준 게 없는데 사랑받고 있는 느낌이 들어서 벅차다. 안다. 나는 또 금세 사랑에 빠져 버렸다. 전혀 알지도 못하는 당신과. 하다못해 본명은커녕 성별조차 알 수 없을 때도 있지만 내 모든 글마다 라이킷을 눌러 주는 당신을 나는 사랑하고 있다. 내가 할 수 있는 최선은 당신의 이름을 눌러서 당신의 글을 보는 것. 또 당신의 이름을 기억하는 것. 그리고 마지막으로 당신의 이름을 끝까지 기억하는 것. 그것이 당신이 보여준 작은 관심에 대한 나의 사랑이고 보답이다.

소심한 나는 당신의 의도와는 상관없이 혼자 사랑에 빠졌고 혼자 벅차 있으며, 혼자 상처 입을지도 모른다. 그래도 지금은 그냥 끝까지 사랑할 것. 어느 날 브런치 속 당신이 나에게 말을 걸어왔을 때 내가 당신을 모르는 일은 결코 없을 것이다.

소심안테나가
작동을 시작합니다

나에게는 안테나가 있다. 소심한 사람을 알아보는 본능. 하긴 뭐, 능력이라고 할 것까진 없겠다. 소심한 사람은 어떻게든 티가 나기 마련이니까. 하지만 유독 그런 사람들을 더욱 잘 알아보고, 또 그들에게 신경이 쓰이는 것은 어쩔 수 없다.

소심안테나가 준 또 하나의 부수적인 능력이 있는데, 바로 '술잔을 채우는 능력'이다. 술자리에서 술잔이 빈 사람을 귀신같이 알아낸다. 그리고 척척, 적절한 타이밍에 알아서 그의 술잔을 채워주곤 했다. 물론, 술을 좋아하는 것과는 달리 술이 약한 내가 취하기 전까지만 가능하지만 말이다.

어쩌면 요즘 세상에선 본인이 술을 마셨으니 본인이 직접 술을 따르는 게 뭐 어떠냐고 말하는 사람도 있을지 모르겠다. 하지만 내가 한창 술을 마시던 90년대 후반 2000년대 초반은 상대방에게 술을 따라

주는 것이 당연한 예의였다. 오죽하면, 그런 상황을 빗댄 유행어들도 있었다.

"바빠?"

"아니. 왜?"

"그럼 나 술 좀 따라주지?"

"너 3년간 재수 없고 싶어?"(앞자리에 앉은 사람이 자작하면 3년간 재수 없다고들 말했다.)

위와 같은 말. 아니면 테이블을 톡톡 치는 행위. 모두 술을 따라달라는 표현을 우회적으로 하는 것이다.

문제는 모든 사람이 이렇게 하지는 않는다는 사실이다. 술을 마시고는 싶지만 자작하긴 그렇고, 그렇다고 술을 따라달라고 우회적으로든 대놓고든 표현하지 못하는 사람들이 반드시 있었다.

누가 그러라고 시킨 것도 아니건만, 그런 사람들이 자꾸 눈에 들어온다. 그러면 최선을 다해서 그들의 빈 술잔을 채워준다. '센스 있다'고 말해주는 사람도 있었고, 무언의 눈짓과 고갯짓으로 고마움을 표현하는 사람도 있었다. 물론, 그런 것도 모른 채 열변을 토하면서 족족 술잔을 받아드는 사람도 있었다. 아무튼, 상관없었다. 그건 그저, 내가 알아보는 소심한 사람에 대한 나의 작은 배려였으니까.

소심안테나가 발동한 곳은 미용실이었다. 단골미용실인 그곳은 개인 미용실이었는데, 매번 조금 의아했던 것은 서비스 음료수를 줄 때와 주지 않을 때가 있다는 사실이다. 딱히 그 기준을 알 수 없어서 더욱 유심히 살펴보곤 했다. 손님에 대한 차별은 분명 아닌 것 같고, 바쁠 때와 바쁘지 않을 때의 차이도 분명 아니었다. 어쨌든, 나도 직원이 묻지 않으면 특별히 요구하지 않곤 했다.

그 날은 미용실에 두 명의 아저씨가 있었다. 아무래도 한 분은 자주 오는 단골이었는지 직원의 태도가 조금 더 살갑다는 느낌을 받았다. 커피도 가져다주고 박카스도 가져다주었다. 그런 후에야 또 다른 아저씨에게 커피를 드시겠냐고 여쭤봤고, 아저씨는 분명 드시겠다고 얘기했다. 그런데 어찌 된 일인지 직원은 계속 커피를 가져다주지 않았다. 아무래도 둘 사이에 약간 오해가 있었던 것 같기도 하고 잊어버린 것 같기도 하다. 아저씨는 커피를 달라고 다시 말하지 않았다. 그렇다고 커피 마시기를 포기하지도 않았다.

대신 "아우, 커피 한 잔 마시고 가야겠다"라는 말만 반복했다. 혼잣말인 듯 혼잣말이 아닌 듯. 조금씩 어투를 달리하면서 아저씨는 커피를 마시고 싶다는 표현을 계속했고, 직원은 그 말을 못 들은 척하는 건지 아니면 정말 못 들은 건지, 커피를 가져다주지 않았다.

소심한 나마저도 '이 분, 커피 드시고 싶대요!'라고 대신 말해주고 싶을 정도로 아저씨는 끈질겼고, 또 한편으로는 답답했다. 머리를 다 하고 나서도 끝끝내 자리에 앉아 있던 아저씨는 결국 커피를 마셨을까 마시지 못했을까. 그 결과를 알지 못한 채 아이들과 함께 먼저 미용실을 나서야 했다.

어쩌면 미용실에 있던 다른 사람들은 그 상황을 몰랐을 수도 있고, 알았다고 해도 그다지 신경 쓰지 않았을 수도 있다. 하지만 나는 내내 그 상황이 불편했다. 그것도 나의 소심함 때문인지도 모르겠다. 그렇게 큰소리로 혼잣말을 할 걸, 왜 직원에게 직접 다시 한 번 요구하지 않았을까? 여전히 궁금하다. 그리고 또 하나. 나의 소심함이 다른 사람들에게는 불편함이 될 수도 있는 걸까? 잠시 생각이 깊어진다.

나는 스타벅스가 싫다. 싫다고 말을 할 수 없어서 더 싫다. (이렇게 공개적으로 말을 하고 나니 왠지 후련해지는 기분마저 든다.) 커피 맛을 잘 모르니, 특별히 스타벅스를 고집할 이유도 없고, 스타벅스의 마케팅이니 감성, 브랜드의 힘 그런 것도 사실 잘 모르겠다. 게다가 스타벅스의 유독 시끄러운 분위기는 더욱 싫다. 내가 생각하는 커피숍과는 너무 다른 분위기다. 그 좋아하지 않는 마음이 싫어하는 마음으로까지 발전한 데는 이유가 있다.

내가 한창 커피 마시는 멋을 알았을 무렵에 소위 '있어 보이는' 커피는 헤이즐넛이나 비엔나 정도가 다였다. 대학교 1학년 때, 생긴 것도 예쁘장한 여자 동기가 커피숍에서 '헤이즐넛'이라는 커피를 주문할 때, 난생처음 들어본 그 커피 이름과 그 아이의 우아함이 너무 잘 어울려서 잠시 나는 아득해졌다.

지금은 그때와는 비교도 할 수 없을 정도로 커피 이름은 다양해졌고, 그 종류도 다양해졌다. 고백하자면 내가 스타벅스를 싫어하는 이유는 그래서다. 너무 어려운 커피 이름, 그리고 자꾸 꼬치꼬치 캐묻는 직원 앞에서 나는 왜인지 작아졌다.

그 수많은 메뉴 중에서 간신히 메뉴를 고르고, 속으로 메뉴 이름을 몇 번 반복한다. 최대한 자연스럽게 입 밖으로 내기 위해 머릿속에는 온통 그 이름 생각으로 가득하다. 아무렇지 않게 스타벅스에 골백번은 왔던 사람처럼 보이기 위해 머릿속은 빠르게 움직이고 '후~ 후~' 남몰래 숨을 내쉬며 마음을 다잡는다.

드디어 내 차례가 왔다. 계산대 앞에 서니 생각보다 더 떨린다. 언제나 처음이 중요하다. 첫마디를 잘 꺼내는 순간은 부드럽게 흘러가지만, 첫마디에서 버벅거리는 순간에 이미 말려들게 되는 것이다. 그때부터는 이미 혼자 괜히 부끄러워진 생각에 직원의 질문이 귀에 잘 들어오지 않는다. 케냐 원두와 에티오피아 원두가 나랑 무슨 상관이람. 사이즈 이름은 왜 그렇게 어려워. 뒤에 있는 사람이 다 듣고는 '쟤, 스타벅스도 처음 와보나 봐' 하는 건 아냐? 이런 생각에 계산대 앞에 서 있는 그 시간이 참 길게도 느껴진다.

유독 소심해지는 분야를 살펴보면 자기의 성격이나 기질을 알 수 있다. 단순히 커피 이름이 길고 어려워서 주문하기 어렵다는 이유만은 아니다. 스타벅스를 싫어하는 그 이면에는 생각보다 더 깊은 내가 숨어 있었다.

나는 내가 모르는 것 앞에서 많이 소심해지는 사람이었다. 그게 어떤 의학지식이나 과학적 이론이라면 아무 문제 없다. 그럴 때면 오히려 당당하게 모른다고 말하고 배울 자세가 된다. 문제는 이를테면 커피 같은 너무나 대중화된 것, 게다가 그게 마치 어떤 센스 있는 사람의 척도가 되는 것이라면 그 순간 문득 쭈그러드는 것이다.

이런 것도 모르는 사람, 되게 센스 없고, 트렌드를 모르는 사람으로 비치고 싶지 않은 욕심을 가진 나를 본다. 일명 '페이보릿'하는 스타벅스 커피 하나쯤은 당연히 있고, 그 커피를 좋아하는 이유를 자연스럽게 줄줄줄 말하고, 케냐 원두와 에티오피아 원두의 차이점을 아는 사람이 나는 멋져 보였던 것이다.

스타벅스에는 그런 사람들로 가득해 보인다. "0번 고객님!" 하고 불리는 것이 아니라 자기만의 개성 가득한 닉네임으로 불리는 사람들, 직원이 묻지도 않는 질문에 이런저런 요구사항을 말하는 사람들, 이 시끄러운 분위기는 아무렇지 않다는 듯 이야기하는 사람들. 그 사람들 속에서 나는 자주 아웃사이더의 기분을 느낀다. 그래서였다. 나는 소외 당하는 상황을 매우 싫어하는 사람이다. 다들 잘난 사람들인데 어쩌다 보니 내가 고춧가루처럼 끼어 있는 상황, 모두가 나만 빼놓고 재미있게 이야기하는 분위기에서 느껴지는 소외감이 나는 무척이나 견디기 힘들다. 그런데 '스타벅스, 넌 나에게 소외감을 줬어' 이런 상황이 되어 버린 것이다.

가만히 생각해보니 애꿎은 스타벅스 입장에서는 억울할 것도 같다. 스타벅스가 이래서 싫어한 것이 아니라, 내가 이런 사람이기 때문에 스타벅스가 싫은 것이다. 아무도 나에게 자연스럽고 멋있게 주문을 하

소심이 병은 아니잖아요?

라고 강요한 적 없고, 이 분위기 속에서 아웃사이더가 되라고 등 떠밀지도 않았다. 어쩌면 다른 누군가가 볼 때, 나 역시 자연스럽게 스타벅스와 어울리는 사람 중에 하나로 보일 수도 있다. 있으…려나?

유독 내가 소심해지는 환경, 유독 나를 소심해지게 만드는 사람이 있다면 한 번 생각해볼 필요가 있다. 거기에는 미처 생각하지는 못했지만 분명한 이유가 있을 것이다. 어쩌면 내 마음속 깊은 상처가 발견될 수도 있고, 어쩌면 또 유치한 질투심이 보일지도 모른다. 그 마음을 깨닫고 받아들이고 나면, 똑같은 상황에서도 조금은 덜 소심해질 수 있다.

그런 의미에서 우리 이제, 스타벅스에서 만날까요?

조금 비겁하니
인생은 즐겁지 않았다

영화 '82년생 김지영'이 보고 싶었다. 사실을 말하자면 '내가' 보고 싶었다기보다는 남편에게 보여주고 싶었다. 아내로서 엄마로서의 내 수고를 잘 알아주는 남편이지만 그래도 영화를 통해서 간접적으로나마 내 힘든 처지를 보여주고 싶었던 흑심이 있었다. 이미 소설로 읽었던 나는 영화가 나오길 기다렸지만, 남편은 그 영화 보기를 영 불편해했다. 혼자 보라고 할 때도 있었고, 그건 여자들끼리 보라고도 했고, 자기는 울 것 같아서 못 보겠다고도 했다. 그렇게 상영 시기를 놓치고 한참이 지나서야 영화가 포털에 공개되었다.

같이 맥주 한잔도 했겠다, 조금 시간적 여유도 있는 날이겠다 해서 남편에게 슬쩍 '82년생 김지영'을 보자고 했더니 웬일로 남편이 쿨하게 오케이를 했다. 이때를 놓치면 안 될 것 같아서 얼른 다시 맥주와 안주를 세팅하고 영화를 다운받았다. 영화를 통해 조금 더 깊이 있는 얘

소심이 병은 아니잖아요?

기를 할 수 있을 거라는 생각에 들뜨기도 했다.

영화는 아쉽게도 소설보다 실망스러웠다. 평소 눈물이 많은 남편은 잘하면 울지도 모를 것 같아서 잔뜩 긴장해 있다가 슬슬 풀어지는 게 느껴진다. 나 역시 몰입도가 확 떨어졌지만 그래도 내가 그런 모습을 보이면 안 될 것 같아서 엄청 재밌는 척하면서 영화를 봤다. 그런데 정말 생각지도 못한 순간에서 울컥 울음이 터져 버렸다.

영화 속 회상 장면이다. 고등학생인 김지영이 버스 안에서 한 남학생의 추근거림을 받는다. 김지영은 좌석에 앉아 있던 한 여자에게 핸드폰을 빌려달라고 도움을 요청하고 아빠에게 빨리 마중 나와 달라는 문자를 보낸다. 그리곤 정류장에서 내리는데, 아니나 다를까 그 남학생이 따라서 내린다. 어쩔 줄 모르는 김지영. 그런데 그때 버스가 멈추고, 아까 핸드폰을 빌려줬던 그 여자가 후다닥 내린다. "학생, 이거 두고 내렸어요!" 하면서 자기의 것인 스카프를 내민다. 덕분에 남학생은 그냥 가버리고 김지영은 그 자리에 풀썩 주저앉는다.

이 장면에서 푹! 울음이 터진 건 '그 여자' 때문이었다. 이미 출발한 버스를 붙잡아 세우고, 버스에서 뛰어 내려와 스카프를 주던 그 여자. 나는 과연 저 상황에서 저렇게 할 수 있을까? 이미 출발한 버스를 세워달라고 용기 내어 말하고, 내 스카프를 둘러줄 기지를 발휘할 수 있을까. 그렇게 우리 누군가의 모습일 어떤 김지영을 구해줄 수 있었을까? 갑자기 소설로 읽었을 때 들지 않던 생각이 들면서 나는 아마도 김지영을 구할 수 없을 거라는 결론에 울음이 터져 버린 것이다.

동네 도서관 앞을 지나가다가 여자 고등학생 두 명이 벤치에 앉아서 담배 피우는 모습을 본 적이 있다. 은근히 옛날 사람인 나에게는 엄청난 충격이었다. 학생이 저렇게 대낮에 이렇게 공개된 장소에서 버젓이 담배를 피울 수 있다는 사실에 놀라면서 나도 모르게 시선이 머물렀다. 그러다 시선을 느낀 학생들이 내 쪽을 쳐다볼 때, 나는 황급히 고개를 돌렸다. 나는 결단코 전혀 너희를 쳐다보지 않았다는 듯이 시치미를 뚝 떼고 앞만 보고 걸었다.

그런 내 모습이 처량하고 우습고 부끄럽고 슬펐다. 혼자 길을 걸으면서 상상해보았다. 그 아이들이 만약에라도 '뭘 봐요? 아줌마?'라고 따졌다면 나는 뭐라고 대답했을까? 분명히 아무 대답도 못 하고 당황해서 어버버버 했을 것이다.

정말 혹시라도 "학생들이 이런 공공장소에서 담배를 피우면 어떡해?"라고 용기내 말했다면? 그러다가 혹시 영화에서처럼 끌려가서 맞기라도 하는 건 아닐까.

생각이 이렇게 머물자 조금 부끄럽더라도 시선을 돌린 편이 훨씬 더 낫다는 결론이 났다. 하지만 그뿐이다. 지금도 나는 여전히 그때의 나를 떠올리면 마음이 불편하다. 살면서 그런 순간들이 분명 찾아올 것이다. 영화 속 김지영을 만나는 것처럼. 그때 나는 어떤 판단을 내려야 할까.

오래전에 ≪조금만 비겁하면 인생이 즐겁다≫라는 책이 유행한 적이 있었다. 그 말에 공감했지만, 그건 나에 대한 합리화였다. 그 말을 핑계로 절대 비겁해서는 안 될 상황에서도 나는 비겁해지고 있었다. 요즘처럼 무서운 세상에서 다른 사람 일에 괜히 참견하다가 큰코다치는 일도 많이 벌어지고 있으니, 특히 그런 상황에서는 비겁한 게 상책이라고도 말한다. 그런데 아무리 생각해도 비겁했던 나의 인생이 나는 즐겁지 않다. 내가 겪는 불합리한 상황은 그냥 넘어가더라도 다른 사람이 겪는 상황을 그냥 넘어간 이후, 오래 불편했다. 아주 작은 용기라도 내고 싶었다. 따뜻하게 스카프를 내밀었던 영화 속 그 여자처럼.

소심해지는 건 자신이 없어서다. 이런 일련의 상황 속에서 내가 소심해지고 용기를 낼 수 없었던 것은 대들고 이길 자신이 없어서였다. 말싸움으로든 진짜 싸움으로든. 만약 나 스스로 자신이 있었다면 나는 조금 더 용기를 낼 수 있었을 것이다. 아무래도 말싸움이라도 연습해야 하는 건 아닐까 싶다.

그와 더불어 얼마 전 복싱을 배우기 시작했다. 문득 우리 아이들을 지키고 싶다는 생각이 들었고, 남편이 "격투기로는 복싱이 최고다"라고 한 말 때문이었다. 복싱을 배우면서 비겁해지지 않을 내 모습을 상상한 것도 사실이다.

선무당이 사람 잡는다고 벌써 영화처럼 멋진 격투를 벌일 모습을 상상하는 나를 두고 남편은 걱정이 많지만 나는 나의 이 변화가 반갑다. 사실 복싱이라는 낯선 운동을 배우러 가는 것조차 용기를 내야 하는 사람인데, 이 복싱이 생각보다 꽤 재미있었다. 지금은 잠시 이런저런 이유로 쉬고 있지만, 자꾸 복싱의 그 스텝이 생각난다. 비겁해지지 않을 인생을 위해 아무래도 다시 복싱을 시작해야겠다.

"피디님! 지아 술 마시니까 너무 귀엽고 재밌지 않아요? 친구들이 술 마실 때 왜 그렇게 불렀는지 알겠어요."

스물세 살. 대학교 3학년 때 휴학하고 처음으로 라디오작가로 일할 때였다. 첫 회식 다음 날, MC 선배가 했던 이 말을 들으면서 아마 나는 씨익 웃었던 것 같다. 정말 듣고 싶었던 말이다. 평상시의 나라면 절대 못 들을 말. '재밌다'라든가 '귀엽다'라는 말을.

우리가 흔히 쓰는 연도는 예수님의 탄생을 기준으로 기원전과 기원후로 나뉜다. 40대 중반에 들어선 내 인생은 술을 기준으로 나뉘게 된다. 술을 마시기 전과 술을 마시게 된 후로.

하지 말라는 건 하지 않고 살았다. 소심한 기질 탓에 은근히 모범생이었다. 하다못해 '당기세요'라고 쓰여 있는 문은 꼭 당겨서 여는 나니, 술을 배운 건 대학교에 들어가서였다. 신입생 환영회에서 처음 먹어

보는 막걸리를 겁 없이 받아 마시고 만취했고, 이런 나를 부모님이 데리러 오시면서 나의 화려한 술 역사가 시작된다. 그때만 해도 부모님역시 갓 스무 살 넘어 처음 술에 취한 딸이 귀여웠으리라. 그런 날이 매일 이어질 거라고는 아마 상상도 못 하셨을 것이다.

술이 한두 잔 들어가면 기분이 좋아지면서 어디에서인지 모르게용기가 생긴다. 목소리를 높여 내 얘기를 하기도 하고, 평소와는 달리남들이 갈구는 말에도 따박따박 말대답을 한다. 시키지도 않은 '야자타임'을 하면서 선배들에게 반말을 하기도 한다. 그러면 주위 사람들이깔깔깔 웃기 시작한다. 맨정신일 때는 그러지 않던 애가 망가지는 모습이 재미있기도 했을 터다.

평소 유머 감각도 별로 없고, 남들이 나에게 던지는 농담도 잘 받아치지 못하던 내가 달라지는 모습이 좋았다. 술자리의 주인공이 되는기분도 생각보다 짜릿했다. 마음에 담아 두고 못 했던 말도 술을 핑계로 거침없이 돌직구를 던졌다. 사람들은 그런 내 모습에 박장대소하면서 즐거워했고, 나 역시 그런 상황을 즐기게 되었다. 평소에는 말이 없이 조용하다가 술자리에만 가면 돌변하는 사람. 딱 '밤에 피는 장미'처럼 술자리에서는 다른 사람이 되었다.

처음에는 좋았다. 다른 사람들이 날 보고 웃는 것도 재밌다고 하는것도. 술을 핑계로 마음에 담아둔 말을 해서 직장에서는 '정의의 사도'가 되는 것도 희열이 있었다. 하지만 언제나 지나친 것은 독이 되기 마련이고 술은 나에게 딱 그런 존재였다.

술에 취해 진상을 떠는 것도 한창 젊을 때나 귀엽지, 직장에서의 그런 모습은 흉이 되기에 십상이다. 속 시원히 던지는 돌직구도 하루 이틀이지 그런 상황이 매번 이어지니 결국은 술자리 분위기를 망친 채 실려 가는 일도 있었다. 친한 친구와는 술에 취해 못할 말을 하는 바람에 사이가 멀어지기도 했다. 술 덕분에 적어도 그 순간만큼은 소심한 나를 버릴 수 있어 좋았지만, 술 때문에 잃어버린 것도 많았다.

그러니 술로 인해 고민한 세월이 길었다. 반복되는 다이어트 다짐처럼 금주 다짐 역시 몇 번이고 반복되었다. 그런데 아직도 술만 보면 기분이 헤… 좋아진다. 슬픈 일이, 화나는 일이 있어도 술 한 잔이면 기분이 풀린다. 세상만사가 다 행복해진다. 밥을 끊으라면 끊겠지만 술을 끊으라면 그거야말로 못할 짓 같다.

술 때문에 잃어버린 것 대신 술 때문에 얻은 것을 생각하기로 했다. 아마 소심해서 겪는 스트레스를 술로 풀어버리지 않았다면, 지금의 나는 없을 것 같다. 술 덕분에 그나마 맺힌 것이 없는 인생이 되었다. 술 때문에 잃어버린 인간관계도 있지만, 얻은 인간관계도 있다. 여전히 20대처럼 술을 마시고 똑같이 취하는 나를 구박하면서도 떠나지 않는 나의 소중한 세 친구가 있고, 술을 매개로 연인 사이로 발전한 남편이 있다. 지금도 여전히 남편과는 가장 친한 술동무로 매일 매일의 술자리가 즐겁다.

그리고 또 하나. 술을 좋아하고 잘 취하는 사람이다 보니 술자리에서의 이해심이 깊다. 다른 사람의 웬만한 술버릇 정도는 웃으면서 귀엽게 넘길 줄 알게 되었다. 뭐 물론 다른 사람들은 술 취한 내 모습에 실망하기도 하지만 나는 다른 사람들에게 실망하지 않으니, 가끔은 억

　　　　　　　　　　　소심이 병은 아니잖아요?

울할 때도 있다. 하지만 이 너그러움 역시 술이 나에게 준 선물이라고 생각하기로 했다. 덕분에 모든 술자리가 즐겁고 모든 인간이 이해가 되니 말이다.

나이가 들면서 술을 줄여야 하는 건 아닌지 고민이지만, 아직은 그 마음이 간절하지는 않은 것이 사실이다. 다만 술을 모르고 살아온 20년 세월 동안이랑 똑같이 딱 20년만 술을 마시면 어떨까 하고 혼자 결론 낸 적은 있다.

내 나이 마흔넷. 술을 알고 지낸 건 24년이지만 이런 중요한 문제일수록 계산은 바로 하자. 그중 세 아이 임신과 수유로 술을 못 마신 6년을 제외하면 20년을 채우기까지는 2년이라는 시간이 남았다. 그 2년 동안은 그냥 고민하지 말고 마음 편하게 마셔볼까. 그 시간 사이, 술이 없어도 조금 더 용감해지는 법을 배워 둬야 할지도 모르겠다.

육아는 가히 '시간과의 싸움'이라고 해도 되는 일이었다. 모든 것을 '빨리' 해야만 그나마 가능했다. 아무리 '빨리' 해도 돌발 상황은 언제든 발생했고, 그렇게 지체된 시간을 어떻게든 만회하려면, 그저 더 '빨리' 하는 수밖에 없었다.

샤워도 빨리 해야 했고, 화장실에서 볼 일도 빨리 봐야 했다. 밥을 빨리 먹는 건 당연한 일이고, 어떨 때는 집에서조차 뛰어다녔다. 그런데 엄마 마음이란 게 이상하다. '빨리빨리'라는 말이 얼마나 사람을 힘들게 하는 말인지 알기에 아이들에게는 최대한 '빨리'라는 말을 하고 싶지 않았다. 그래서 나는 최대한 그 말을 삼키기로 했다. 그리고 '빨리빨리'가 빠진 육아는 뜻밖에 조금 힘들었다.

아이가 밥을 천천~히 느긋하게 먹어대도, 학교 갈 준비를 다 해놓고도 신발장 앞에서 꾸물거릴 때도, 시간 없어 죽겠는데 세월아~ 네월아 걸을 때도 목구멍까지 '빨리'라는 말이 차오르지만, 의식적으로 그 말을 꾹 누르는 것이다. 대신 엄마로서는 그럴수록 마음이 바빠진다. 이 모든 것을 예상해놓고 모든 것을 더 여유롭게 해야 하기 때문이다.

특히 외출 준비를 할 때는 그놈의 '빨리빨리'가 가장 극에 달하는 순간이다. 세 아이 준비시키랴, 이것저것 필요용품을 넣은 가방을 싸랴, 화장은 포기한 지 오래니 건너뛰더라도 적어도 떡이 진 머리 감는 시간은 확보해야 한다. 그렇게 외출 준비를 하다 보면 준비를 마치고 차에 타는 순간, 이미 방전 상태가 되는 경우가 허다했다. 결국 참고 참았던 화를 엉뚱하게 폭발시켜서 아이들로서는 '엄마가 왜 저러나' 황당한 상황을 만들 때도 있다.

남편과 외출 준비를 할 때 제일 좋은 점 중의 하나는 준비를 도와줘서가 아니라 남편이 던지는 한마디 때문이다. 외출 준비를 하다가 이미 정신줄을 서서히 놓고 있는 나에게 남편이 해주는 한 마디.

"천천히 해, 천천히."

참 이상하다. 남편이 그렇게 옆에서 말해주는 순간, 다급했던 마음에 잠깐 브레이크가 걸린다. '아! 내가 서두르고 있구나!' 깨닫기만 해도 잠시 행동이 느려지면서 덩달아 마음에도 평화가 찾아오는 거다. '늦으면 안 돼!'와 '조금 늦으면 뭐 어때~'라는 마음가짐은 모든 것에서 매우 큰 차이를 불러온다. 어떤 것들은 조금 늦어도 괜찮다. 특히, 육아라는 긴 과정에서는 더욱 그렇다.

둘째 아이를 낳고, 시어머니가 잠시 아이들을 봐주실 때였다. 너무너무 샤워를 하고 싶은데, 두 아이를 혼자 보시게 하고 샤워하기가 죄

송스러웠다. 그래도 혼자 있을 때보다는 어머니라도 계실 때 하는 게 나을 것 같았다. 엄청 빨리 샤워하고 나와야겠다는 마음을 담은 까닭에 말도 빠르고 다급해진다.

"어머니, 저 샤워 좀 빨리 하고 나올게요" 했는데, 어머니의 반응이 놀라웠다. "그래그래. 천천~히 하고 나와" 그 말을 듣자 묘하게 마음에 전율이 쫙~ 올랐다.

그냥 '응', '그래'라고만 하셔도 충분했을 상황이다. 하지만 "천천히 해"라는 한마디 말이 더해진 순간, 모든 것이 달라진다. 그건 그냥 예스가 아니다. 거기에는 이해심과 배려심, 공감이 담겨 있었다. 아마도 어머니가 그냥 '응'이라고만 말씀하셨다면, 나는 샤워 하는 내내 늘 그랬듯이 시간에 쫓기는 것은 물론이고 마음에 부담까지 더해져더 서둘렀을 것이다. 하지만 '천천히'가 내 마음을 바꿔 놓았다.

그 날, 평소보다 조금 더 오래 따뜻한 물을 맞으면서 서 있었다. 따뜻한 물이 몸을 타고 마음까지 흘러가는 게 느껴진다. 어머니는 알고 계셨으리라 싶다. 별로 힘들다 어떻다 말하지 않는 며느리지만, 그래도 육아로 인해 고단해 하고 있다는 것을. 그리고 그 마음을 말 한마디를 더 보탬으로써 거기에 담으신 거다. 진심을 담은 말 한마디의 힘이 이리도 크다.

천천히 하라고 말할 줄 아는 남편 뒤에는 이런 어머니가 계셨다. 그 말 한마디가 샤워하고 싶어 전전긍긍하던 소심한 며느리에게 얼마나 큰 위안이 되었는지, 어머니는 아마 모르실 거다.

소심이 병은 아니잖아요?

소심한데
외향적입니다

작가 김훈은 소설 ≪칼의 노래≫의 시작을 두고 굉장한 장고의 시간을 보냈다고 한다. 겨우 한 글자 때문이었다. '버려진 섬마다 꽃이 피었다'로 할 것인가, '버려진 섬마다 꽃은 피었다'라고 할 것인가. 그 한 글자의 차이는 미묘하지만 참 분명해서 부족한 나는 설명할 수 없지만 작가의 고민이 이해가 갈 만하다.

그런 엄청난 고민에 비할 바는 못 되지만 나의 성격을 이야기함에서도 나는 고민이 되었다. '나는 소심한데 외향적이다', '나는 외향적인데 소심하다' 이 두 가지 말 중에서 어느 것이 나의 성격에 더 가까운 것일까 하고 아무도 관심 없는 고민을 혼자 하는 것이다.

소심과 외향성은 이미 충분히 어울리지 않는 조합이다. 그런데 아무리 생각해도 나는 분명히 외향적인 부분을 갖고 있다. 내성적인 사람들이 사람을 만나는 자리를 별로 좋아하지 않고, 사람들과 한참 즐거운 시간을 보내다 보면 혼자만의 시간이 필요한 것에 굉장히 동감한다. 나 역시 내성적인 부분도 있기 때문이다. 하지만 나는 그만큼 또 사람을, 사람을 만나는 자리를 좋아한다. 아닌 척 튕기지만 정말 싫은 자리가 아니라면 대부분 자리에는 참석하고 싶은 마음이다. 문제는 그러면서도 소심하기 때문에 발생한다.

나는 소심한데 외향적이라 힘든 걸까, 외향적인데 소심해서 힘든 걸까. 둘에는 분명한 차이가 있다. 소심한데 외향적이라면, 힘든 순간을 덜 만날 수 있다. 외향적인데 소심하면 힘든 순간들이 많아진다. 대신 소심한데 외향적이라면 혼자 외로운 시간이 더 길어진다. 외향적인데 소심하면 그건 어느 정도 극복이 가능하다.

그런 의미에서 생각해보면, 나는 소심한데 외향적이라고 말하는 편이 낫겠다. 나는 사람이 좋다. 사람을 만나는 일이 좋다. 하지만, 소심하기 때문에 그런 순간들을 일부러 만들지 않고 피하려고 한다. 그런데 그런 일이 자주 반복되다 보면, 내 의지와는 상관없이 주변 사람들이 알아서 나를 거르는 일이 생기게 된다.

마음과는 달리 만남을 거절하는 일이 종종 있었다. 특히 동네 엄마들과의 사이에서 그랬다. 분명히 사람을 만나는 일은 좋다. 만나면 깔깔거리면서 즐겁게 웃을 거라는 걸 안다. 그런데 그때 일어날 일들이라든가, 나누게 될 대화들을 미리 짐작하면서 먼저 스트레스를 받는 것이다. 어떤 것들은 상상 속에서 벌어질 때가 더욱 안 좋은 상황으로 펼쳐질 때가 많은데, 내가 사람과의 만남을 상상할 때가 그렇다.

그러면 나는 만남을 앞두고 이래저래 나가지 않을 핑계를 생각하

소심이 병은 아니잖아요?

는 것이다. 그렇게 자꾸 이런저런 핑계를 대고 모임에 나가지 않았고, 처음에는 꼬박꼬박 나를 챙기던 사람들도 어느덧 자연스럽게 연락을 하지 않게 되었다. 내가 원한 것은 그건 아니었다.

나도 사람과의 만남이 좋지만, 노는 일은 너무 즐겁지만, 남들보다 더 많이 걱정하는 것들이 있다. 예를 들면 다섯 명이 모일 때, 식사 자리에는 어떻게 앉을 것인지 이런 사소한 일들까지도 나는 머릿속으로 여러 경우의 수를 생각하고 상상하면서 고민하는 것이다. 그 걱정을 견디기 힘들 때는 핑계를 대고 나가지 않는 것이고, 어느 정도 견딜 수 있겠다 싶을 때는 만남에 나가서 완전 소리 높여 웃고 돌아온다. 헤어짐을 아쉬워하면서. 나 자신조차 아까 나가기 싫어서 이 핑계 저 핑계 대던 사람이 맞나 싶을 정도다.

외향적인데 소심하다면 반대의 경우가 벌어진다. 우선은 즐거운 마음에 약속을 잡고, 사람들과 만나지만, 사람들과 어울리지 못하는 순간들이 자꾸 이어진다. 그렇게 시간을 더하면 더할수록 기분 나빠지는 상황이 많아지고, 결국에는 소심한 자기 자신을 탓하면서 집으로 돌아오게 되는 것이다. 그러니 이것은 분명한 차이다.

사실 어쩌면 나처럼 소심한데 외향적이든, 외향적인데 소심하든, 외향성을 가진 소심한 사람을 만나는 것 자체가 쉽지 않을 수도 있다. 하지만 우리는 모두 완벽하게 한쪽에 치우치지는 않는 사람들이니 저마다 이런 면, 저런 면을 갖고 있기 마련이다. 어쨌든 소심한 데다 외향적인 나는 오늘도 아무도 불러주지 않는 외로움을 견디고 있을 뿐이다.

좁고 깊은 관계를
선호합니다

종종 '진정한 친구가 한 명만 있어도 성공한 인생'이라는 말을 듣는
다. 그럴 때면 참 다행이다 싶다. 그래도 손꼽을 친구가 세 명은 된다고
믿고 있으니. '진정한 친구' 만들기가 얼마나 어려우면 겨우 한 명으로
도 성공한 인생이라고 말하겠나 싶어 위안을 받으면서도 소위 말하는
'마당발' 같은 사람이 부러웠다.

다행인지 아닌지 모르겠지만 그래도 학창 시절부터 친해지고 싶다
면서 다가오는 사람들이 많은 편이었다. 요즘 말로 '인싸'처럼 언제나
중심에 있었던 것도 사실이다. 그런데 이상하게도 시간이 가면 갈수록
점점 곁에 있는 친구들의 수는 줄어들었다. 학기 초에는 여러 명과 두
루두루 어울리다가 학년 말이 되면 꼭 한두 명의 친구와만 친한 것이
다. 그런 상황에 대해서 처음에는 아무 생각이 없었지만, 시간이 흐르
고 나이가 들수록 반복되는 이 상황 속에서 자꾸 자신감을 잃게 되었

다. '나는 알면 알수록 별로인 사람인 건가?'라는 자괴감이 내내 마음에 남았다.

사실, 관계를 이어가는 일이 나에게는 힘들다. 흔히 '입에 발린 말'이라고 표현하는 그런 말을 잘 못 하기도 하고, 관계를 이어가기 위해서 해야 하는 일들, 예를 들어 자주 연락을 하거나 만나는 일들이 나에게는 스트레스였다. 일부러 연락하기보다는 정말 진심으로 생각나거나 보고 싶을 때 연락을 했고, 어쩌다 마지못해 약속을 잡게 되면 이 약속이 깨지기를 내심 바라고 바랐다. 그래서인지 아니면 진짜 내가 별로인 사람이어서인지 그 이유는 모르겠지만, 어쨌든 주변에 사람이 없는 건 확실하다.

처음에 호감을 느끼고 다가오는 사람들에게도 늘 선수 치듯 말하곤 했다. 나는 좁고 깊은 관계를 좋아하노라고. 그 말은 나의 완벽한 진심으로 이왕 친할 거 깊게 친해지자는 말을 에둘러 한 것이지만, 별로 아는 사람이 없는 것에 대한 일종의 방어막인 것도 부인할 수는 없다. 애써 스스로 그리고 남에게 겉으로 표현하는 것과는 달리, 나는 마당발이 아는 사람이 많고 많은 사람이 아주 부럽다. 그 관계의 깊이와는 상관없이 말이다.

특히 우리나라는 대인관계가 넓은 것을 굉장한 자랑이자 장점으로 여기는 경우가 많다. 게다가 그 대인관계를 확인할 수 있는 자리들은 어찌나 많은지. 본인의 결혼식, 부모님 장례식, 아이의 돌잔치와 같은 것들. 그 자리에 얼마나 많은 사람이 왔는지를 통해서 우리는 그 사람의 사회적 위치와 인지도, 나아가 사람 됨됨이까지 가늠하곤 한다. 그게 정말 신빙성이 있는지 아닌지는 차치하고서라도 말이다.

결혼식을 앞두고도 제일 걱정됐던 것 중 하나는 과연 '신부 측 하객'이 얼마나 올까였다. 물론 나 역시 그저 사회적인 관계 때문에 참석하는 결혼식이 많았다. 그런 경우에는 결혼식 자체에 큰 관심이 없다. 대부분은 지인들과 신부 화장이 어떤지 신혼 여행은 어디로 가는지 별로 의미 없는 이야기를 주고받았다. 결혼식은 늘 거기서 거기였고, 그저 빨리 사진 한 장 찍어주고 밥이나 먹으러 가는 것이 대부분 정해진 순서였다. 조금 미안하지만, 진심으로 축하한다기보다는 그냥 의례적인 참석이었다. 다만 소심한 내가 해줄 수 있는 것은 적어도 결혼식이 진행되는 동안에는 떠들지는 않는 것. 그게 전부였다.

나의 결혼식도 누군가에게 그런 결혼식이 될 거로 생각하면 속상했다. 진심으로, 진심으로 나를 좋아하고 나의 미래를 축복해줄 사람들만 와도 충분하다고 생각했지만, 그것은 정말 이상적인 생각일 뿐 나는 계속해서 결혼식에 올 친구들의 숫자를 세보고 있었다. 이왕이면 많이 왔으면 좋겠다는 것, 그래서 내가 좀 괜찮은 사람으로 보이고 싶은 것이 솔직한 바람이었다. 하지만 바람과는 달리 결혼식에 와달라는 말을 꺼내는 것이 왜 그리 어려웠는지 모른다.

평균적으로 봤을 때, 나의 결혼식에 온 친구들은 많지 않았다. 게다가 정말 친한, 위에서 언급한 '진정한 친구'라는 사람 중 둘은, 같은 차를 타고 사이좋게 결혼식이 끝난 다음에야 도착했다. 그러니 더욱 썰렁할 수밖에. 그런데 막상 닥치고 나니 생각보다 되게 창피하지도 않았다. 순간은 워낙 빨리 지나갔고 게다가 결혼식이 끝난 다음에도 그 결혼사진을 들여다보는 일은 정말 아주 잠깐이었을 뿐이다.

이렇게 다행히 결혼식이 끝났지만, 아직도 부모님의 장례식을 비롯해 나의 좁은 인간관계를 탓할 일은 많이 남아 있다. 더구나 어디 소속된 직장도 없으니 의무감에라도 찾아와줄 사람은 더 드물 것이다. 그런 미래를 생각하면 조금은 답답해진다.

나는 여전히 좁고 깊은 인간관계를 선호한다. 그런데도 얕을지라도 넓은 인간관계가 부러운 마음은 감출 수 없다. 수많은 전화번호가 저장되어 있고, 무슨 일이 있을 때 진심을 담지 않더라도 그 자리에 함께할 수 있는 사람이 많다는 것은 분명 대단한 일이다. 그것 또한 사람관계고 자신이 쌓아온 덕이고 노력이기 때문이다. 그걸 알고 있으니 넓은 인간관계에 더욱 자신이 없어지기도 한다. 그저 '양보다 질'이라며 그렇게 나의 좁고 깊은 인간관계에 가치를 더할 뿐이다.

예를 들자면 심은하는 질투 나지 않는다. 이영애도 질투 나지 않는다. 내가 질투 나는 사람은, 시댁에서 집을 사줘서 돈 걱정하지 않고 사는 옆집 여자고, 아들 셋을 키우면서 여전히 날씬하고 머리숱이 풍부한 옆 동 엄마다.

질투라는 건 너무 먼 사이에서는 일어나지 않는 감정이다. 나랑 비슷해 보이는데, 뭐 거기서 거기일 것 같은데 그렇지 않은 평범한 사람에게 일어나곤 한다. 그래서 스스로 더욱 힘들게 한다는 것이 문제다.

그녀가 너무 질투 났다. 한 10년 전쯤 일이다. 그때 나는 참 많이 철이 없었고, 철이 없는 만큼 못난 질투의 감정도 참 많이 세게 겪었다. 나랑 같은 직업을 가졌던 Y. 웃긴 건 실제로는 일면식도 없는 사이라는 점이다. 그녀와 나의 연결고리는 같은 방송작가라는 것, 그 하나뿐이었다.

남편을 통해 알게 된 그녀는 너무 예뻤다. 방송작가 중에 그렇게 예쁜 사람은 찾아보기 힘들다. 게다가 나보다 한참 젊고 날씬했다. 그것만으로 부러웠는데, 우리 부부랑 비슷한 시기에 결혼하고 비슷한 시기에 첫 아이를 낳으면서 그 부러움이 질투로 번지고 만 것이다. 그리고 모르면 좋았던 것들을, 어쩌다 알게 된 그녀의 블로그를 통해 시시콜콜한 일상을 훔쳐 보면서 그 몹쓸 질투의 감정을 점점 키워나가기 시작했다.

우선 그녀는 예뻤다. 아기를 낳고도 예뻤다. 마치 연예인처럼 아이를 낳고 나더니 살이 그대로 쏘옥 빠졌다. 아가씨 때처럼 예뻤다.

그녀는 부자였다. 나는 사주고 싶어도 못 사주는 옷이며 장난감, 아기용품을 아무렇지 않게 사줬다. 그녀가 사준 모빌의 가격을 보고 쏘서의 가격을 보고, 나는 정말 기절할 만큼 깜짝 놀랐다. 그녀의 아이에 비하면 우리 아이가 한없이 불쌍하게 느껴졌다.

이런 불편한 감정이 들기 시작하면서 나는 그녀의 블로그를 안 보는 게 낫겠다고 결심했다. 그래서 지워버려놓고 틈만 나면 마치 판도라의 상자처럼 그녀의 블로그를 일부러 찾아가 보곤 했다. 부러움과 질투와 시샘을 잔뜩 담아서.

그러다가 우연히 그녀의 글에서 맞춤법이 틀린 단어를 발견하게 되었다. 그것은 오타가 아니라 정말 틀린 거였다. 그걸 발견한 순간, 나는 진짜 그동안의 체증이 다 내려가는 것 같았다. 방송작가라는 사람이 이런 맞춤법을 틀리다니! 뭔가 통쾌하고 그렇게 대단해 보이던 그녀가 별 게 아닌 것 같다는 생각이 들었다. 더 이상 그녀가 질투 나지 않을 정도였다.

　문제는 내 이런 감정을 그대로 블로그에 적었고, 그녀가 나의 블로그를 나처럼 몰래 염탐하고 있었다는 데서 시작했다. 그녀는 귀신같이 그 얘기가 자기 얘기라는 것을 눈치챘고, 나에 대해 느낀 불편한 감정을 그녀 역시 블로그에 적었다. 문제의 그, 맞춤법까지 옳게 고쳐 놨다.

　그것을 본 순간, 정말 터질 듯이 뛰던 내 심장이란…. 어쩌지? 마치 다른 사람의 얘기인 척 다시 글에 정보를 더해서 수정할까? 별의별 생각을 혼자 다 했더랬다. 어쨌든 같은 직업군에 있으니 혹시라도 만날 일이 생기면 어쩌나. 다시 블로그에 들어가 보는 것도 떨려서 못할 지경이었다. 그때, 왜 그런 글을 썼을까. 지금 생각하면 얼굴이 화끈거릴 정도로 참 얕은 사람이었다 싶다.

　다행히 나는 예전보다 질투라는 감정에 쉽게 휩싸이지 않는다. 나보다 더 나아 보이는 사람은 분명히 많이 있고, 내가 못나 보일 때도 많이 있는데 그때처럼 못난 감정이 생기지 않는다는 건 참 다행스럽다.

　질투는 사람의 당연한 본능이지만 그게 문제가 되는 이유는 어떻게든 그 사람의 못난 점을 찾아내고, 어떻게든 끌어내리고 싶다는 데 있다. 겨우 맞춤법 하나로 내가 그녀를 세상 부족한 작가로 만들었던 것처럼 말이다. 그저 잘났다는 이유만으로 내 못난 감정을 고스란히 받아야 했던 그녀는 지금은 어떻게 살고 있을까?

　겨우 10년 전, 그렇게도 속속들이 알고 싶었던 그녀의 일상이 이제는 순수한 이유로 궁금해진다. 설마 지금도 그렇게 날씬하고 예쁜 건 아니겠지? 조금은 늙고 조금은 살이 붙었길, 소심하게 바란다.

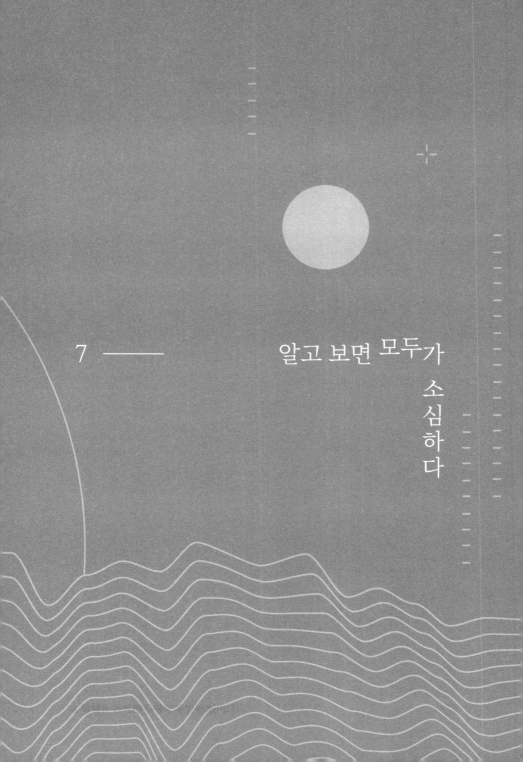

7 ——

알고 보면 모두가

소
심
하
다

케케묵은 난센스 퀴즈로 시작해보려고 한다.

"다 자랐는데 자꾸 '자라'라고 하는 것은?"

맞다. 답은 자라다.

이번엔 그거랑 비슷하게 어린 시절에 참 많이도 들었던 질문이다.

"커서 뭐가 되고 싶어?"

어릴 때나 들었던 말들을 지금의 나에게 묻고 있다. 다 자랐는데 자꾸 자라고 싶고, 다 커서 어른이 되었는데 자꾸 뭐가 되고 싶기 때문이다.

이를테면 마트 대신 부동산에 가는 김유라 작가. 나도 아파트 몇 채 사서 부자가 되고 싶었다. 단순히 그걸 뛰어넘어서 자신의 지독히도 가난했던 삶을 통해서 평범한 사람들, 주부들에게 희망이 된 모습이 너무 멋졌다. 나도 그런 희망이 되고 싶었다. 그런데 나는 지금 내 집

한 채도 없고, 어찌 된 게 부동산 책은 다른 책을 읽을 때와는 달리 영~ 졸리기만 하다.

그렇다면, 엄마표 영어로 유명한 새벽달 남수진 작가처럼 되면 어떨까? 나도 새벽 기상에는 일가견이 있고, 아이 마음도 꽤 잘 읽어주는 엄마로서 후배 엄마들에게 도움을 줄 수 있을 것 같았다. 그런데 아무리 생각해도 아직 영어 한마디 제대로 못 하는 데다 작심삼일이 띄엄띄엄 이어지는 내가 따라가기에는 갈 길이 너무 멀다.

그러면 이번에는 나이 마흔이 넘어 철인 3종 경기에 출전하는 이영미 작가처럼 해보자. 나름 PT도 오래 받았고 홈트레이닝도 꾸준히 하고 있으니 가능한 일 일지도 모른다. 갑자기 마라톤이야말로 가장 매력적인 운동이라는 생각이 들었다. 하지만 나는 고등학교 체력장에서 100미터를 21초에 뛰었고, 오래달리기에서는 꼴찌로 들어왔던 사람이다. 지금도 러닝머신에서 속도를 8에 놓고도 3분 이상을 뛰지 못한다.

세상에 멋진 사람들은 너무 많았고, 그들을 좇아 자꾸 뭔가를 도전하고 시작했다. SNS 세상에서는 별명을 'DNA를 바꾸다'라고 지었다. 절대 바꿀 수 없는 타고난 DNA마저 바꾸겠다는 나름의 굳은 각오를 담은 별명이었다. 나에 대해 가진 선입견을 깨고 마라톤에 도전하고, 영어 공부를 하고, 다이어트도 하고, 부자도 되고, 요리도 잘해야 했다. 그래서 다른 사람들에게 '나 같은 사람도 했으니 당신도 할 수 있습니다!'라고 희망을 주는 사람이 되고 싶었다. 한마디로 나는 늘 남이 되고 싶었던 거다.

남들은 언제나 멋졌고, 나는 언제나 찌질했다. 똑같이 요리를 못해도 그 사람은 괜찮고 나는 안 된다. 그 사람은 영어를 잘하니까. 그 사람은 자기도 소심하다고 말했다. 그 사람은 소심해도 멋있지만 나는 안 된다. 그 사람은 부자니까. 언제나 내 생각은 이런 식으로 흘러갔다. 그래서 그들이 잘하고 나는 못하는 그것을 잘하기 위해서 참 부지런히 이곳저곳 기웃거리면서 쫓아다녔다. 그사이 나는 잊고 있었다. 남들은 못하는 데 나는 잘하는 그것.

요즘은 아침에 일어나는 일이 즐겁다. '오늘은 어떤 글을 쓸까?' 생각하면서 설렌다. 15년이 넘게 글을 쓰면서 돈을 벌었지만, 돈 벌기 위해 글을 쓰는 일은 이렇게 즐겁지 않았다. 내 이야기를 쓰면서 즐겁고, 내 얘기에 공감하는 사람들을 보면서 순수한 기쁨을 느낀다. 그러다 퍼뜩 글을 잘 쓰고 싶어 하는 다른 사람들을 도와줘야겠다는 생각이 들었다. 그 상상을 하면 행복하다. 나에게 집중하고 나니, 애써 나를 바꾸지 않고 이미 내가 가진 것만으로 나도 다른 누군가에게 도움을 주는 사람이 될 수 있었다. 그런데 나는 정작 내가 하지도 못하는 일을 통해 남을 돕고 변화시키고 싶다는 얼토당토않은 생각을 했다. 세상에서 내가 바꿀 수 있는 유일한 사람은 바로 자기 자신이고, 제일 바꾸기 어려운 사람이 바로 자기 자신인데 말이다.

먼 길을 돌고 돌아 제자리를 찾은 느낌이다. 나는 지금이야말로 뭔가 돼야겠다. 남이 아닌 바로 나. 이제는 '그 무엇'도 아닌 '그 누구'도 아닌 나 자신이 되어야 할 시간이다.

소심이 병은 아니잖아요?

대부분의 어르신들은 자신의 인생을 책으로 쓰면 대하소설 한 편, 못해도 장편소설 한 권쯤은 나올 거라고 말씀하시곤 한다. 실제 책으로 나오진 않는다 해도 모두의 인생은 그렇게 치열하고 파란만장하다. 특히 우리 부모님 세대의 경우 지금 이만큼을 이루기까지 참 지루하고도 고단했던 자기만의 역사가 있다. 아무리 자식이라고 해도 그 기나긴 역사를 온전히 이해하는 일은 불가능하다. 그나마 자식을 낳아보니 한 가지만은 확실히 알 것 같다. 엄마도 아빠도 부모 이전의 삶이 있었다는 사실.

자식을 낳아봐야 철이 든다는 말은 아마 그래서 생긴 말이 아닐까 싶다. 부모의 마음을 조금이나마 이해할 수 있기에. 적어도 나의 부모님에게도 오롯이 나만을 생각하던 나와 같은 젊은 시절이 있다는 것만큼은 온전히 받아들일 수 있게 된다. 그래서 안쓰러워진다. 지금의 내가 그렇듯 인생의 모든 중심을 자기 자신에서 가족으로 바꿔야 했던 젊고 철없던 우리의 부모님이.

2년 전, 우리 가족 다섯 명이 부산여행을 떠났다. 우리 삼 남매가 출가한 이후로 사위나 며느리 없이 딱 우리 가족만이 떠나는 첫 여행이었다. 이날을 위해서 언니는 부산의 고급 호텔을 예약해뒀다. 부산 관광을 마치고 도착한 고급 호텔은 감탄이 절로 나왔다. 평소 내가 다녔던 이름만 '호텔'일 뿐인 곳과는 차원이 달랐다. 마음 같아서는 2박 정도는 있어야만 완벽히 즐길 수 있겠지만 그럴 수 없다는 사실이 그저 안타까울 뿐.

무엇보다 가장 마음에 들었던 것은 조식 뷔페다. 호텔 뷔페라는 것이 화려하기만 하고 별로 먹을 게 없는 경우가 더 많은데, 이곳은 종류도 종류거니와 맛도 제법 괜찮아서 음식을 먹는 재미가 쏠쏠했다. 여유롭게 여러 음식을 즐기며 대화를 나누던 중이었다.

아빠는 어젯밤에 너무 생생한 꿈을 꾸셨다고 한다. 꿈에서도 아빠는 이 호텔에 계셨다. 아침을 먹으러 내려왔는데 직원이 들어오지 못하게 막더란다. 나도 여기 손님이고 어제 여기서 숙박했다고 얘기했지만, 직원은 당신 같은 사람은 여기에 들어올 수 없다고 막았단다. 아빠는 애들이 기다릴 텐데 어쩌나 싶어서 꿈에서도 민망하고 난감했다고. "그런데 현실에서는 아무 일 없네?" 하며 웃는 아빠의 모습이 쓸쓸해 보였다.

소심함은 어디에서부터 오는가 생각해봤다. 여러 경우의 수가 있겠지만, 결국은 경험 부족에서부터 오는 것이 아닌가 싶다. 낯선 환경에서는 누구든 잠시 위축이 들기 마련이다. 성향에 따라 적극적으로 그 상황을 극복하면서 금세 적응하는 사람이 있지만, 두려움이 더 커지는 사람은 점점 소심해지고 주눅이 들게 된다. 하지만 아무리 그런 사람이라고 해도 두 번, 세 번, 같은 경험이 이어지게 되면 소심함의 정도는 조금씩 달라진다. 낯선 곳에 대한 두려움이 작아지는 만큼 익숙함이 커지고 덜 소심해지는 것이다.

낯선 곳, 특히 고급스러운 장소에서는 유독 소심해지는 사람이 나다. 그나마 호텔 비스름한 곳에 몇 번 가봤으니 그 정도는 아니었지만, 아빠로서는 이 지나치게 고급스러운 호텔이 꿈에 나올 정도로 영 어색했던 것이다. 그리고 나는 이런 곳에 어울리지 않는 사람이라고 스스로 주눅 들어 있었다. 그 마음이 그대로 투영된 꿈을 꾸신 아빠가 몹시 안쓰러웠고, 또 그동안 호텔에 모시고 다니지 못했다는 사실에 죄송한 마음도 들었다. 그러면서도 한편으로는 아빠에게 또 감사했다.

가끔 연세 드신 어르신들이 막무가내로 억지 부리는 모습을 보는 일이 불편하고 속상했다. 물론, 때에 따라서는 젊은 사람들이 어르신들을 무시하는 일도 있어서 눈살 찌푸리게 하지만, 억지를 부리는 어르신들이 있는 것도 분명하다. 안 되는 일을 무작정 해달라고 한다든가 큰소리부터 내고 보시는 어르신들을 보면, '나이를 먹는다는 일'이 좀 서글퍼졌다.

이렇게 소심한 나도 '더 나이를 먹게 되면 저렇게 될 수도 있을까' 문득 궁금하기도 했다. 호텔 조식을 앞두고 꿈까지 꾼 아빠를 보니, 그럴 일은 없겠다 싶어서 조금은 안심이 되었다. 아빠의 모습이 안쓰러우면서도 그래도 우리 아빠가 어디 가서 무조건 큰소리부터 내는 사람은 아닐 것 같아서 한편 다행스럽기도 했던 것이다.

호텔 뷔페의 여러 음식 중에서도 특히 연어가 무척 맛있었다. 양파와 케이퍼랑 같이 먹는 방법을 알려 드렸지만, 아빠는 그래도 역시 생선에는 초고추장이 최고라면서 초고추장이 없음에 아쉬워하셨다. 호텔 직원에게 초고추장을 갖다 주십사 부탁했다. 평소라면 직원을 귀찮게 하는 것도 싫고, 촌스러운 사람으로 보일까 봐 괜히 눈치 보여서 그냥 넘어갔을 것이다. 하지만 호텔에서 나보다 조금 작아진 아빠가 내 앞에 계시지 않은가. 덕분에 나는 조금 더 대범해질 수 있었다.

아빠는 연어에 초고추장을 찍어 맛있게 드셨다. 아마도 다음에 이 호텔을 찾는다면 아빠가 또 꿈을 꾸는 일은 없겠지. 지금도 조금은 상기된 얼굴로 꿈 얘기를 털어놓으시던 아빠 얼굴이 생각난다. 우리 아빠가 더 많은 세상을 경험할 수 있도록 그래서 조금은 덜 소심해지도록 더욱 많이 모시고 다녀야겠다.

소심이 병은 아니잖아요?

윗몸일으키기가 이렇게도 가슴 떨리는 운동이었단 말인가. 드라마 '시크릿 가든'에서 길라임(하지원 분)은 윗몸일으키기를 하는 주원(현빈 분)의 다리를 붙잡아주고, 주원이 몸을 일으킬 때마다 두 사람의 얼굴은 닿을 듯 말 듯 가까워진다. 왜인지 모르게 부끄럽고 민망해져서 고개를 돌리고 있는 길라임에게 주원은 얼굴을 바짝 댄 채 묻는다.

"길라임 씨는 몇 살 때부터 그렇게 예뻤나? 작년부터?"

으아~ 역시 윗몸일으키기는 배 아픈 운동이 맞다.

소심함에 대해 생각해보다가 갑자기 궁금해졌다. 현빈이 나에게 물어봐줄 리는 없으므로 내가 나에게 물어보았다.

"지아 씨는 몇 살 때부터 그렇게 소심했나?"

그런데 정말, 정말 대답을 할 수 없었다. 도무지 기억나지 않는다. 다만 분명한 건 적어도 소심하게 태어나지는 않았다는 사실이다. 절대 소심하지 않았던 어린 시절의 기억들이 남아 있다.

초등학교 3학년 때부터 6학년 때까지 항상 학급 임원을 맡았고, 지금 말로 치면 '인싸'였다. 통지표 속에 적혀 있던 말 중에 유독 기분 나쁜 말이 기억에 남아 찾아봤더니 찾아봤더니 5학년 때 담임선생님은 정확히 이렇게 적으셨다. '각 교과 성적이 우수하고 발표력이 좋으나 그룹을 만들어 리더 형성하기를 좋아합니다.' (느낌상 '리더 행세'를 잘못 쓰신 것 같다. 리더면 리더지, 리더 '행세'라니!)

더욱 놀라운 건 덩달아 다시 살펴보게 된 6학년 때 통지표다. 선생님은 거기에 '매사에 자신감을 갖고 행동함. 성격은 고쳐야 할 부분도 많음('있음'이 아니고 '많음'이라니!)'이라고 적었다. 거기에 덧붙여 우리 아빠는 '가정에서 학교로' 보내는 난에 '자신감이 지나쳐 교만한 부분이 있습니다'라고 고쳐야 할 많은 성격 가운데 하나로 응수하셨다. 지금의 나를 생각하자면 참 상상도 못 할 문구들의 대잔치다.

나쁜 의도가 다분히 담긴 6학년 때 통지표를 살펴보자니 생각나는 사건이 있다. 그때 여자아이들은 봉긋하게 가슴이 자라나는 시기였고, 몇몇 아이들은 브래지어를 하고 있었다. 일부 장난꾸러기 남자아이들은 재미로 뒤에서 브래지어 끈을 튕겼고, 심지어는 앞에서 가슴을 만지고 도망가곤 했다.

그 일이 꽤 오랫동안 지속되자 나는 선생님에게 조목조목 일련의 사건에 관해 설명하는 투서를 썼다. 당시 6학년이 쓰기 어려운 단어까지 넣은 '조치를 취해주시길 바랍니다'로 마무리를 지었다고 한다. 그 일로 선생님은 엄마를 불러 상담을 하셨고, 굳이 그 '조치'라는 단어를 들먹이며 나를 가리켜 건방지다고 하셨다나? 잘 기억나지 않는다. 편지를 썼던 것까지는 확실히 기억나는데 '조치'라는 단어나 '건방지다'라는 표현은 엄마의 기억이다. 그러므로 뒤늦게 알게 된 그 일 때문에 내가 소심해지지는 않은 것으로 혼자 추정해본다.

어쨌든 적어도 내가 기억하는 어린 시절의 나 역시 아주 활발했고 다른 사람들이 보기에는 지나치게 자신감이 넘칠 정도였다. 그랬던 나는 왜 이렇게 됐을까? 어린 시절의 기억은 까맣게 잊고 있었다. 지금껏 내가 알던 나는 늘 소심했고, 다른 사람의 눈치를 보느라 내가 하고 싶은 것은 언제나 참고 있었다. 부당한 일을 당해도 말 한마디 못하고, 뒤늦게야 할 말이 생각나 혼자서 '바보, 멍청이!'를 내뱉는 사람이었다. 당연히 그게 나인 줄만 알았다. 그런데 어린 시절의 기억을 돌이켜 볼 때 나는 처음부터 소심하지 않았다. 기억하지 못하는 어쩌면 기억 속에서 일부러 지워버린 무슨 사건이라도 있는 걸까. 갑자기 어떤 미스터리 영화의 여주인공이라도 된 것 같은 느낌이다.

소크라테스가 말한 '너 자신을 알라'는 역시 옳았다. 나는 그동안 나를 잘 몰랐는지도 모른다. 어쩌면 나도 모르게 쓰인 '나는 소심하다'라는 굴레에 맞춰서 그렇게 스스로 변해가고 있었을 수도 있다. 마음은 생각보다 힘이 세서 잘못 먹은 마음 하나로 한 사람의 모든 것이 달라지기도 하는 법이다. 그렇다면, 분명한 건 또다시 어떤 마음을 먹느냐에 따라서 변할 수도 있다는 사실 아닐까? 조금 늦었지만 이제라도 알아가야겠다. '나'라는 사람에 대하여.

소심함은
성격이 아니다

얼마 전, 조금 가까워지기 시작한 교회 성도들과 함께 식사를 했다. 나를 포함해 여자 네 명. 이런저런 얘기 끝에 '혈액형' 얘기가 나왔다. 교회에 다니는 신도들끼리 나누는 혈액형 얘기라니, 생소하고 웃겼다. 일면 모순적이기도 했지만, 우리는 이상하게 혈액형은 일종의 과학이라고 여기는 경향이 있는 것 같다. 물론, 그냥 생각만 해봐도 안다. 세상의 모든 사람의 성격을 단 4가지로 나눌 수 있다는 것, 그건 분명히 말이 되지 않는 얘기라는 걸.

그런데도 우리가 혈액형에 관심과 흥미를 보이는 이유는 당연하다. 열 길 물속은 알아도 한 길 사람 속은 모른다고. 그렇게 알기 어려운 사람의 마음을 그나마 혈액형으로나마 짐작하고 싶은 서글픈 욕심 때문이다. 어찌 당연하지 않을까. 자기의 마음도 제대로 알지 못하는 게 만물의 영장이라는 사람이니 말이다.

지금까지 내가 쓴 글만 봐도 그렇다. 나는 글을 통해 나를 만났고 그 안에서는 내가 분명히 알고 있던 행동 속의 색다른 나를 보았다. 그러면서 든 생각이 '과연 나는 정말 소심한가?'라는 의문이었다. 어떨 때의 나는 분명히 소심한 사람인데, 어떨 때의 나는 소심은커녕 더할 나위 없이 대범하고 나서기 좋아하는 사람 같아 보인다. 나조차도 정말 헷갈릴 정도다. 그런데 어쩌겠는가. 그것도 나고 저것도 나다.

결국 내가 내린 결론은 한 가지다. 소심함이라는 것은 어쩌면 성격이 아니라는 점이다. 실제로 '소심한 성격'이라는 말은 국어사전 자체에는 나오지 않는다. 그런데도 우리가 일반적으로 너무 자주 사용해서 익숙한 말이다. 나는 '소심한' 뒤에 다른 것을 붙이고 싶다. '소심한 상황'이라고 말이다.

소심한 성격이 아니라 '소심한 상황'이 얼마나 많은지 자주 있는지에 따라서 그 사람의 상태를 결정하는 것이다. 예를 들어 우리가 '소심한 성격'이라고 말하는 사람은 '소심한 상황', 즉 마음이 작아지고 쭈그러드는 상황이 더 많은 사람이라고 표현할 수 있다. 그 얘기는 반대로 마음이 작아지고 쭈그러들지 않는 상황도 있다는 얘기다.

세상 아무리 대단한 사람이라고 해도 소심한 상황은 찾아오기 마련이다. 예를 들어 세상을 다 가진 것 같은 사람인데, 사랑하는 여자 앞에서는 우물쭈물 할 말도 제대로 못 하는 사람도 있지 않을까? 그런 사람을 가리켜 우리가 소심하다고 말하지는 않는 것처럼, 소심함은 어떤 일괄적인 성격이 아니라 한 상황에서 보이는 그때의 마음인 것이다.

그러니 그때그때 다른 모습을 보일 수 있고, 개인에 따라 유독 소심해지는 상황이 다르게 나타난다. 그런데 그런 상황이 조금 많다면 그게 바로 우리가 흔히 말하는 소심한 사람이 되는 것이다.

어떤 것들은 말로 내뱉는 순간 오히려 확정되는 것들이 있다. 말로 그 한계를 결정지어 버리는 오류를 범할 수 있다. '소심한 성격'이라는 말이 그러하다. 아무리 대범한 사람도 아주 중요한 발표의 순간에서는 더듬더듬 말을 더듬고 땀을 뻘뻘 흘리면서 소심쟁이가 될 수 있지만 그건 그 순간일 뿐이다. 그런데, 자꾸 누가 소심하다 소심하다 그러면 자기도 모르게 나는 소심한 사람이라는 한계를 짓고 그렇게 행동하게 될지도 모른다. 지금의 내가 그렇듯이 말이다.

'나는 소심한 사람이다'라고 말할 것이 아니라, '나는 00한 상황을 불편해하는구나. 나는 이런 상황에서는 조금 주눅이 드는구나'라고 객관적으로 평가하고 나면, 그 원인을 알게 되고, 다음번에는 조금 덜 작아질 수 있게 되는 것이다. 소심하다는 것이 고쳐야 하는 성격이 아니라 그 순간에 발현되는 내 모습일 뿐이라는 것을 인정하고 나면 편해진다.

인터넷에 가끔 소심함에 관한 고민글을 보면 가슴이 아프다. 소심해서 친구가 없다, 소심해서 먼저 다가가지 못한다, 소심해서 고백하지 못한다. 이런 말들로 어쩌면 나를 가두고 있는 것은 아닐까?

낯선 사람을 만나고 낯선 장소에 가는 일은 누구나 불편하다. 그것에 대한 정도의 차이, 받아들임에 대한 차이가 있을 뿐이다. 나는 이제 결론 내린다. 소심함은 성격이 아니다. 그러므로 나는 소심한 사람이 아니다. 나는 남들보다 소심해지는 상황이 조금 더 많은 사람일 뿐이고, 그 상황을 점점 줄여가려고 연습하는 중이다.

소심이 병은 아니잖아요?

지금이야 분위기가 많이 달라졌다고 하지만 내가 어릴 때만 해도 선생님은 정말 범접할 수 없는 어렵고도 대단한 존재였다. 선생님이라는 이유만으로 아이들은 선생님을 존경했고 우러러봤다. 오죽하면 친구 중의 한 명은 선생님이 화장실에서 나오는 것을 보고 충격을 받았다고 했다. 선생님은 화장실도 가지 않는, 즉 인간으로서 생존을 위해서 해야 하는 배변 활동조차도 하지 않는 완전무결한 존재라고 생각했던 것이다. 물론, 어렸을 때니까 그렇게 생각하는 것도 얼마든지 가능하다.

선생님은 당연히 화장실에 간다. 그뿐이랴. 우리가 너무나 사랑해 마지않는 스타들도 마치 여신과 같은 외모를 가진 그녀도 화장실에 간다. 화장실에서 오줌도 누고 똥도 눈다. 어쩌면 변비에 걸려 있을지도 모른다. 화장실 변기에 앉아서 그 예쁜 얼굴을 일그러뜨리면서 힘을 주고 있을지 또 누가 알까. 조금은 변태 같은 상상일 수도 있겠다.

가끔 사람 앞에서 주눅이 들 때면, 결국 사람은 모두 똑같다는 생각을 해보는 것이 도움된다. 아무리 잘난 사람이어도, 먹고 마시고 싸는 인간으로서 꼭 필요한 행위를 할 수밖에 없다. 그렇게 살아가는 것이 당연하다. 그렇게 생각하면 조금 마음이 가벼워진다. 그래, 지나 나나 똑같은 인간인데 뭐. 이렇게 뻔뻔해질 수 있다.

여기에서 중요한 것은, 그 잣대를 가끔은 나에게도 들이밀어야 한다는 사실이다. 물론, 사람 한 명 한 명은 누구나 다 특별한 존재다. 오죽하면 사람을 가리켜 '소우주'라고 하겠는가. 하지만, 문제는 모두가 소우주라는 것이다. 나만 특별하고 대단한 존재가 아니라 다른 사람 역시 그런 존재라는 사실 또한 인정해야 한다.

우리 눈에는 아주 특별해 보이는 사람도 따지고 보면 별거 아니라는 눈으로 볼 수 있다면, 나 자신도 그런 눈으로 볼 줄 알아야 한다는 얘기다. 나는 별거 아니고, 남들은 다 대단하게 볼 필요도 없지만, 남들은 보잘것없이 바라보면서 자기 자신만은 특별하다고 여기는 시선에도 분명히 문제가 있다. 그런 사람은 주변 사람을 괴롭히는 것은 물론 자기 자신도 괴롭게 만든다.

내가 그랬다. 말로는 표현하지 않고 티 내지 않으려고 노력했지만, 내가 특별한 사람, 남들과는 다른 사람이라고 생각했다. 그렇게 생각하면 응당 다른 사람들이 나를 특별하게 대하고 대접하기를 바라게 된다. 그런데 냉정하게 따져보자. 사람들 모두 그런 비슷한 생각을 하고 있으니, 나를 특별하게 대할 리는 없다. 그러니 혼자 상처받고 분개하는 것이다. '나를 겨우 이 정도로 대해?'라면서.

때로는 그 마음이 더욱 발전해서 내 자식으로 향하는 일도 허다하다. 남의 자식이 부러운 경우가 많다. 객관적으로 비교한다면, 조금 자존심 상하지만 그 아이보다 내 아이가 부족하고 못나 보인다. 그래서 조금 배알이 꼬인다. 하지만 그건 이성적인 판단일 뿐이다. 사람의 생각이나 행동이 이성이 아닌, 감정에 좌우될 때가 얼마나 허다한가. 그러니 '네가 뭔데 감히 내 자식한테?!'라는 말이 나오는 것이다.

사람들은 다 똑같다. 그리고 사람들은 다 다르다. 이 두 개의 말은 정반대의 이야기지만, 둘 다 옳은 말이다. 중요한 것은 이 잣대를 적당한 순간에 들이댈 줄 아느냐 마느냐의 문제다. 그 순간에 맞는 적절한 진리를 들이댄다면 사는 게 꽤 행복해진다. 하지만, 그 순간에 맞지 않는 진리를 들이댄다면 사는 게 우울하고 비참하고 왜 나만 이런가 싶어진다. 그러니 우리는 한 가지 진리만을 고집할 것이 아니라 순간순간에 맞게 유연하게 생각을 고칠 필요가 있다.

특별한 사람을 보고서 기가 죽거나, 누군가한테 무시당해서 기분 나쁠 때는 '그래 봤자, 사람이 다 똑같지 뭐' 생각하자. 남들이 날 서운하게 대할 때, 특별한 대접을 받고 싶을 때는 '그래, 나도 특별하고 너도 특별해. 우린 모두 다르고 소중한 존재들이야' 생각하자. 그렇게 적절한 상황에 적절하게 생각하게 되면 남 때문에 힘들어질 일이 조금은 줄어들 것이다.

누가 누가
더 소심한가

"에이, 언니가 소심하긴 뭐가 소심해. 나 같은 사람도 있는데."

"무슨 소리야. 내가 보기엔 너도 하나도 안 소심하거든?!"

동네 학부모 사이로 만났다가 친하게 된 동생 A와 실없이 이런 얘기를 주고받곤 했다. 나는 내가 소심하다고 우겼고, A는 자기가 더 소심하다고 우겼다. 나름 서로에게 주는 위로와 용기였고, 또 하소연이기도 했다.

가끔 우리는 결코 비교의 대상이 되지 않는 것들로 다른 사람과 비교를 하곤 한다. 누가 더 행복한가, 누가 더 상처받았는가, 누가 더 사는 게 힘든가 이런 것들. 명확한 기준이 없기에 그런 비교는 언제나 내 입맛에 맞게끔 결론이 나기 마련이다.

A는 종종 사람들과 싸우곤 했다. '싸움'이라고 하기엔 무리가 있고, 정확히 말하면 '컴플레인'을 잘 건다고 할까? 어쨌든 그녀의 표현을 그

소심이 병은 아니잖아요?

대로 한다면 그녀는 자주 '싸웠다'. 아이가 다니는 수영 학원의 접수 데스크 직원과도 논쟁을 벌이고, 소아청소년과 병원에서 간호사와도 싸웠다. 어린이날 행사장에서는 진행요원에게 너무 불공평한 게임이라고 항의했다. 한 마디로 그녀는 자신이 겪는 부당함에 대해서는 분명하게 말할 줄 아는 사람이었다.

나는 살면서 컴플레인이라는 걸 걸어본 적이 없다. 하다못해 식당에서 반찬을 더 달라고 할 때도 이것저것 눈치 보고 재는 사람이니 내가 겪은 부당함에 대해 또박또박 말하기는 나에게는 너무 어려운 일이다. 물론, 부당한 일을 겪으면 기분이 나빠진다. 이유 없는 불친절을 겪을 때는 황당할 정도다. 하지만 그뿐이다. 그냥 '저 사람이 뭔가 이유가 있었거니' 생각하고 마는 편이 나로서는 훨씬 편했다. 인터넷에서 산 물건에 하자가 있어도 작은 흠이다 싶으면 '어차피 쓰다 보면 낡을 건데, 뭐' 하면서 아무 말 없이 넘어가는 편이고, 영 아니다 싶으면 환불을 요청한다. 상담직원이 '불편을 줘서 죄송하다'고 하면 마음이 녹는다. '그쪽이 잘못한 건 아니잖아요' 하는 마음이 들면서. 내 나름대로는 소심함을 배려심으로 포장하곤 했다.

막상 조금 친하다 싶은 사람들에게는 그러지 못했다. 아주 친한 친구들 몇 명이야 내 소심함에 대해서 익히 잘 알지만, 그 중간단계에 있는 사람들, 나름 '친한 지인'이라고 불리는 사람들 사이에서 나는 소심한 사람이 아니었다. 거침없고 직설적이라고 그들은 평가했다. 소심한 내가 그들에게 편하게 말을 할 수 있었던 것은 '이해해줄 것이다'라는 마음 때문이었다. 내 기준에서는 이 정도의 말은 충분히 나눌 수 있을 거로 생각했지만 아닌 경우도 종종 있었다. 내 말에 상처받은 사람도 꽤 있을 테고 그래서 멀어진 사이도 있다.

반면 A, 똑 부러지게 자신의 권리를 찾는 그녀는 막상 친한 지인들에게는 하고 싶은 말을 별로 하지 못했다. 그 자리에서는 같이 깔깔거리며 웃거나 아무 말도 하지 못했다가 나에게 전화를 걸어서야 울음을 터뜨리곤 했다. '어떻게 그렇게 말을 할 수 있냐, 내가 정말 그러냐'면서. 안타까운 마음에 나중에라도 다시 바로잡으라고 얘기하면 A는 언제나 그냥 '됐다'고 했다. 자기는 그런 말 잘하지 못한다면서. 그런 마음을 드러내지 않고 여전히 그 사람들을 만나서 웃고 떠들었다. 그래서 A는 지인들 사이에서는 무난하고 착한 사람으로 남아 있지만, 나는 가끔 그녀의 속마음이 궁금했다.

이러니 누가 더 소심한지 아닌지 가릴 수도 없는 일이거니와 우열을 가릴 필요도 없다. 다만 분명한 건 우리 모두 마음속에는 하지 못한 말 몇 개쯤은 간직하고 산다는 것 아닐까? 때로는 나 자신의 이미지를 생각해서 때로는 다른 사람들에게 상처 주기 싫다는 이유로 우리는 조금쯤 마음을 감추고 배려하고 또 양보한다. 그래서 사람들은 어떤 방식으로든 서로 어울려 살 수 있는 것이리라.

문득 가까운 사람들일수록 더욱 소중히 조심히 대해야겠다는 생각이 든다. 그래도 개 버릇 누구 못 준다고, 혹시나 내가 너무 편하게 말을 하는 것 같다는 느낌이 든다면, 그때는 기억해줬으면 좋겠다. '아~ 이 사람이 나를 좋아하고 편하게 생각하는구나'라고. 나 역시 조금 더 상대의 방식으로 가까이 다가가려 노력해야겠다.

소심이 병은 아니잖아요?

'솔직하다'는 평이 과연 좋은 것인지 아닌지 알 수는 없다. 솔직함은 양날의 검과 같다. 때로는 상대방을 베고, 나를 벤다. 그래도 우리는 여전히 뭔가 음흉한 사람보다는 솔직하고 정직한 사람을 좋아한다. 나는 솔직한 사람이라는 평을 종종 듣지만, 고백하건대 사실은 솔직하지 않다.

솔직하지 않은 내가 솔직하다는 평을 듣는 이유는 간단하다. 남들이 절대 솔직하지 않을 것 같은 이야기를 솔직하게 말하는 것이다. 그런 얘기를 하면 남들을 나를 굉장히 솔직한 사람이라고 생각하고 내가 하는 대부분의 말을 진실이라고 믿는다. 예를 들면, 몸무게라든지 남자관계라든지 질투를 느끼는 속마음들과 같은 것들이다.

분명히 의도했던 것은 아니다. '내가 이런 얘기를 솔직하게 하면, 남들이 나보고 솔직하고 정직한 사람이라고 하겠지?' 적어도 이런 계산 같은 것은 절대 할 줄 모르는 사람인 건 분명하다. 다만, 나는 이런 부분에서는 솔직할 뿐인 거다.

솔직하게 자신을 드러내는 데도 분명 분야라는 게 있는 것 같다. 내가 솔직한 분야가 남들의 일반적인 생각과 달라서 다른 이들은 내가 솔직하다고 믿거나 착각하곤 한다. 하지만, 나도 모든 분야에서 솔직한 것은 아니다. 당연히 감추는 것들이 있고 속마음과는 다른 말을 하는 경우도 물론 있다. 워낙 연기력이 딸려서 그런 경우가 드물기는 하지만 말이다.

20대 때, 나는 남자랑 술 마시는 걸 좋아했다. 이런 말을 솔직하게 하면 다들 당황해서 웃음으로 넘어가거나 나를 이상한 사람으로 보곤 했다. 하지만 난 그때 당시 남자랑 술 마시는 게 훨씬 좋았다. 썸을 타는 그 묘한 기분에 알콜이 주는 알딸딸한 기분이 더해져서 좋았다. 여자랑 술 마실 때는 그런 느낌이 없다. 그런 느낌 없이 왜 술을 마시나 싶어서 대놓고 '왜 술을 여자랑 마시냐'고 했다가 친구들로부터 엄청난 지탄을 받기도 했다.

남자 중에서도 잘생긴 남자를 좋아한다. 나는 술을 마시면 옆 사람, 정확히 말하면 옆에 있는 남자에게 기대는 술버릇이 있었는데 (다시 한 번 말하지만 '있었는데'다) 지금은 어찌 된 게 싹 고쳤다. 대학 친구들의 증언에 따르면, 어느 날 내가 평소처럼 완전 꽐라가 돼서 이미 옆에 있는 남자에게 기대고도 남았을 상태인데 절대 기대지 않더란다. 그때 내 옆에 앉았던 친구가 하필이면 우리 과에서 외모에서는 제일 딸리는 친구였다. 그래서 다들 나를 보고 대단하다고, 아무리 술에 취해도 자기의 기준은 지킨다면서 칭찬을 했다나 뭐래나.

　이런 면에서는 솔직하지만, 다른 면에서는 전혀 솔직하지 않다. 특히 나는 내가 소심하다는 걸 말하는 걸 좋아하지 않는다. 이왕이면 감추고 싶어서 굉장히 애를 썼다. 사람들이 내가 소심하다는 걸 아는 것이 이상하게 싫다. 왠지 나를 우습게 볼 것 같은 느낌도 들고, 왠지 조금 불쌍하게 볼 것 같은 느낌이 든다. 그래서 나는 반대로 대범해 보이기 위해서 굉장히 애를 쓴다. 마치 아무것도 가진 게 없으면서 목도리를 펼쳐서라도 거대해 보이고 싶어 하는 목도리도마뱀처럼 말이다.

　그래서 일부러 술자리에서는 오버를 한다. 낯선 사람들이 모여 있는 어색한 자리에서는 괜히 내가 나서서 말을 꺼내고 대화 주제를 던지곤 한다. 그러다가 갑자기 분위기가 썰렁해질 때는 심장이 툭 떨어질 것 같은 느낌이 드는데, 그런 것조차도 감추고 있다. 왜 그런 모든 상황마저 내가 책임지려 하는지, 참 쓸데없는 데서 오지랖이고 책임감을 느끼는 건 이상한 일이다. 그러니 나를 잘 모르는 사람들 입장에서 보면 내가 소심하다는 것이 정말로 전혀 이해도 수긍도 할 수 없는 일이 되는 수밖에.

　너무 소심해서 소심하다는 말도 하지 못하는 나는 그렇게 나를 포장하며 살고 있다.

스무 살 대학생 때 순대를 처음 먹어봤다. 순대를 안 먹는다는 내 말에 다들 깜짝 놀라면서 이 맛있는 걸 왜 안 먹냐고 어서 먹어보라고 성화였다. 도대체 무슨 맛이길래 싶어서 한 입 먹었다가 그대로 정지해버렸다. 나는 지금도 물컹한 식감의 음식을 좋아하지 않는데 순대를 한 입 딱 물었을 때, '물컹거림' 그것 말고는 아무것도 느껴지지 않았다. 차마 삼킬 수조차 없어서 결국 휴지에 뱉고 말았다. 당연히 그 이후로 한 번도 순대는 먹지 않았고, 다시는 순대를 먹지 않으리라 장담했다.

23년이 걸렸다. 열 살 딸이 순대를 너무 맛있게 먹는 모습이 하도 신기해서 용기 내어 한 입 먹은 것을 시작으로 지금은 딸과 순대를 앞에 두고 경쟁하는 사이가 됐다. 어디 순대뿐이랴. 도대체 왜 생마늘을 먹는 건지 도무지 이해할 수 없던 나는 이제 고기를 먹을라치면 제일 먼저 마늘을 준비하고, 막창이나 곱창 같은 혐오 음식은 안 먹겠다고 큰소리쳤지만, 지금은 비싸서 못 먹을 뿐이다.

내가 장담했던 많은 것들은 변하고 틀렸다. 나에 대한 것도 이렇게 틀리고 변하는데 상대방에 대한 장담은 오죽할까 싶다. 쉽게 장담하지 않는 습관이 생겼다. 나에 대해서 나의 의견에 대해서. 다른 누군가에 대해서.

종종 억울한 순간이 생기는데 부부싸움을 할 때다. 남편과 나는 과거의 기억으로 종종 다투곤 한다. 이를테면, '이번 주 토요일이 엄마 생신이라 다 같이 밥을 먹기로 했다'라는 말을 했네~ 안 했네~ 같은 일이다. 나는 분명히 남편에게 이야기했고, 그때 남편이 어떤 대답을 했는지도 또렷이 기억이 난다. 그런데 남편은 죽어도 못 들었단다.

매번 왜 이런 식으로 생사람 잡는지 모르겠다고 기막혀하고, 나 역시 '그때 내가 이렇게 말했고, 당신은 이렇게 대답을 했다'며 분통해 한다. 서로 그렇게 몇 번의 말씨름이 오가다 막판에 슬며시 꼬랑지를 내리는 쪽은 언제나 나다. '혹시 내 기억이 틀린 거면 어떡하지?'라는 생각이 들기 때문이다.

그건 정말 알 수 없는 일 아닐까? 내가 남편에게 '그 얘기를 해야지'라고 마음먹은 것을 했다고 착각하는 일은 얼마든지 일어날 수 있을 것 같다. 물론, 가끔은 너무 또렷이 기억나서 내가 미치지 않은 이상 틀림없다 싶지만, 늘 마음 한구석에 남아 있는 1퍼센트의 '혹시?'라는 가능성 때문에 '그랬나…?' 하고 접고 마는 것이다. 그러면서도 분하다. 매번 대화를 녹음해야겠다고 실천 불가능한 다짐을 몇 번이고 하면서 어떻게 저 남자는 자기가 틀릴 수도 있다는 가능성을 단 1퍼센트도 염두에 두지 않는 걸까 원망스럽기도 했다.

20년 넘게 알아온 남자 사람 친구와 남편은 종종 술자리를 함께하곤 한다. 둘이 만나면 어찌나 친하게 대화를 하는지, 오히려 소외되는 거 같아서 기분이 나쁠 정도다. 그런 두 사람의 대화를 유심히 듣다가 웃음이 빵 터졌다. 분명히 서로 대화를 하긴 하는데, 서로가 자기 의견이 맞는다는 얘기만 나누고 있었다. 그러고도 싸우지 않고 대화가 이어진다는 사실이 참으로 신기할 지경이다. 언제나 소심하고 조심스러운 나에 비하면 그들은 확실한 것이 많고, 그래서 단정 지어서 이야기하곤 한다. 둘 다 내가 참 좋아하는 사람들이지만 그런 사람들의 말을 듣고 있노라면 종종 궁금하다.

'세상의 모든 걸 어떻게 그렇게 확신하면서 말할 수 있을까?'

따지고 들면 세상에 완벽한 백 퍼센트라는 것은 없을지도 모른다. 늘 확신에 차서 말하는 사람들도 그걸 모를 리가 없다. 하지만, 다른 누군가와 이야기하고 설득하려면 그 작은 의심, 일말의 가능성을 배제하고 자신 있게 말해야만 가능하다. '이렇긴 한데, 아닐 수도 있다'라고 얼버무리는 사람의 편을 들어줄 수는 없지 않은가.

드라마 '슬기로운 의사생활'에서는 이런 대사가 나온다. "의사가 '장담할 수 없습니다. 아직 모릅니다. 더 지켜봐야 합니다' 왜 이렇게 애매한 말만 하는 줄 알아요? 의사는 말에 책임을 져야 하거든…. 의사가 환자에게 해줄 수 있는 말은 딱 하나예요. 최선을 다하겠습니다."

의사들이 그렇게 말할 때마다 그런 말은 누가 못하느냐고 생각하곤 했다. '그럴 수도 있고, 아닐 수도 있다'라는 그 말이 책임을 피하기

소심이 병은 아니잖아요?

위한 방어기제 같았다. 하지만 반대로 생각하면 책임을 지기 위해서 하는 말일 수도 있다. 우리는 백 퍼센트를 기대하고 의지하지만 1퍼센트의 확률은 어디에든 존재하기 마련이니까. 그렇다고 만약 세상 모든 것을 의심의 눈으로 바라보고 절대 장담하지 않는다면, 세상은 제대로 돌아갈 수 있을까? 누군가는 경우의 수를 알고도 결론 내려야 하고, 또 그 결론이 가져올 결과에 대해 책임지기 위해서 더 최선을 다할 수도 있다.

그동안 내가 장담하지 않았던 것이야말로 책임지기 싫어서는 아니었을까 생각해본다. '그거 봐. 내가 아닐 수도 있다고 그랬잖아'라는 말로 나를 '늘 옳은 사람'으로 포장하고 싶었는지도 모르겠다. 그래서 사실은 확신에 차서 자신 있게 이야기하는 사람들이 멋있다가도 '쯧쯧. 저러다 틀리면 어쩌려고' 하고 안쓰러운 눈으로 바라보기도 했다. 그런데 어쩌나, 세상을 바꾼 사람들은 바로 그 확신에 찬 사람들이다.

내가 남편이나 남자 사람 친구에게 조언을 구하고 그들과 대화하는 것이 즐거운 이유 역시, 그들이 확신할 줄 아는 사람이기 때문인지도 모르겠다. 양 갈래 길에서 고민할 때, 단 51퍼센트의 가능성이어도 옳다고 말하고, 그 길로 가야 한다고 말할 줄 아는 사람들. 그래서 그들의 확신에 기대고 바로 거기에서부터 변화가 시작되기 마련이다. 물론 무조건 자기 말이 맞는다고 확신하는 사람만 있어도 큰일 난다. 각자의 역할이 있겠지만 나도 이제 확신하는 쪽에 서보고 싶어졌다.

글을 쓰면서도 소심한 나는 계속 의심했다. 그때 내 마음이 이게 맞을까? 이 단어로 표현하는 게 맞을까? 그때 그 사람은 이렇게 말한 게 맞던가? 이런 질문에 백 퍼센트 확신하는 것들만 쓴다면 나는 아마 한 줄의 글도 쓰지 못했을 것이다. 모든 말과 글은 왜곡되기 마련이고, 그 모든 것을 완벽하게 담아낼 수는 없다. 어떤 것은 과장되었고 어떤 것은 부족하다. 그런데도 글을 쓰는 것은 그래도 어느 정도는 확신한다는 뜻이다.

글 쓸 때의 용기를 이제 현실 속으로도 가져와 보려고 한다. 혹시 모를 1퍼센트의 가능성은 뒤로하고, 내가 맞다 싶은 것에 대해서는 한번 당당하게 얘기할 것이다. 덕분에 앞으로 우리의 부부싸움은 더 길어질지도 모르겠다.

'과유불급'이라는 말이 있다. 지나침은 모자람만 못하다는 말이다. 결국 적당하면 된다는 뜻이지만 '적당히'는 늘 참 어려운 말이다. 우리 친정엄마들이 그러지 않는가. 어떤 요리든지 소금, 설탕, 식초, 고춧가루는 '적당히'란다. 도대체 그 '적당히'가 얼마만큼인지 나는 도무지 알 수 없는데도 말이다.

굳이 '양'으로 표현하자면 나는 나의 소심함을 '적당히'라고 표현하고 싶다. 그런데 이 '적당히'라는 것이 매번 적당하지는 않다. 어느 부분에서는 더 소심하고, 어느 부분에서는 덜 소심하다. 그것을 나름대로 평균을 내본다면 '적당한 소심함'으로 이야기하고 싶은 것이다.

물론 모든 소심한 사람이 나 같지는 않을 것이다. 그런데 소심안테나가 꽤 발달한 내가 볼 때, 누구나 다 그런 정도의 차이가 있다. 그런데도 가끔 언론을 통해 보이는 소심한 사람들의 모습이 극으로 치닫고 있다는 점은 참 안타깝다. 언론은 분명히 책임감을 느껴야 한다.

예를 들어, 드라마에서 보이는 '소심한 사람'은 말을 더듬는다. 소심한 것과 말을 더듬는 것은 엄청난 차이가 있다. 그것은 절대 필요충분조건이 아니다. 그런데 마치 소심한 사람은 반드시 말을 더듬는 것처럼 표현하는 것이다.

소심한 사람이 '죄송하다'는 말을 입버릇처럼 달고 사는 것도 아니다. 때로는 너무 소심해서 죄송하다는 말도 못할 때도 있고, 아닌 건 아니어서 말하지 않는 때도 있다. 그런데도 소심한 사람을 세상 가장 쭈글이로 표현할 때면 같은 소심한 사람으로서 분노가 치밀게 된다.

소심함에 대한 글을 검색하다가 철학을 공부한 사람이 쓴 글을 보게 되었다. 그는 이렇게 말한다.

'담대한 삶과 소심한 삶이 있다. 담대한 삶은 상처를 기꺼이 감당하며 자신을 긍정하는 삶이다. 소심한 삶은 상처를 피하려 자신을 부정하게 되는 삶이다. 둘 중 어떤 삶이 더 가치 있고 더 옳은지는 판단할 수 없다. 타인에게 해를 끼치지 않는다면 한 사람의 삶에 대해 옳고 그름의 가치판단을 내릴 수 없다. 하지만 둘 중 어떤 삶이 더 유쾌하고 건강한 삶인지에 대해서는 분명히 말할 수 있다. 담대한 삶이다. 담대한 이들은 유쾌하고 건강하다.

소심한 이들은 우울하고 침잠되어 있다. 삶이 우울하고 침잠될 때가 언제인가? 자신이 싫어질 때다. 그 자기부정을 가장 크게 일으키는 감정이 바로 소심함이다. 이것이 소심한 이들이 우울하고 침잠된 삶을 사는 이유다.' – 브런치북 '요즘 것들의 철학' 중

나는 이 글을 읽고 화가 났다. 둘 중 어떤 삶이 더 가치 있고 옳은지 판단할 수 없다면서 담대한 삶이 그렇노라고 이미 얘기하고 있기 때문이다. 소심함을 극복해야 할 것, 즉 잘못이라고 이미 전제한 후에 이야기를 풀어나가고 있기 때문이다. 또 하나, 소심한 사람들이 우울하고 침잠된 삶을 산다고 오해하고 있어서다. 마지막으로 '침잠'을 '침작'이라고 잘못 썼다. (난 이렇게 소심하고 쪼잔하다.)

소심한 사람으로서 나는 이 글에 하나하나 반박할 수 있다. 소심해도 나는 건강하게 잘 살고 있다. 담대한 사람만이 건강하게 유쾌하고 살고 있다는 것은 엄청난 착각이다. 그와 비슷한 얘기로 나는 전혀 우울하지 않다. 때때로 우울하지만, 때때로 우울하지 않다면 그거야말로 정신이 이상한 것 아닌가? 그러므로 소심함은 꼭 극복해야 할 것은 아니다. 그렇게 따진다면 담대한 삶 역시 얼마든지 문제 있는 삶으로 만들어버릴 수 있다.

물론, 앞서 말했듯이 어떤 일이든 어떤 사람이든 정도의 차이는 있다. 평균을 내기 위해서는 그 정도의 차이를 무시하는 것도 필요하지만, 그 정도의 차이를 싸그리 무시해서도 안 되는 일이다. 사람들은 착각한다. 우울증에 걸린 사람이 1년 365일 24시간 내내 풀로 우울할 거라고. 그렇지 않다. 우울의 순간이 더욱 많을 뿐이다. 소심함 역시 그렇다.

나 역시 낯선 사람, 낯선 상황 속에서는 소심하지만 온전한 내 편들만이 모인 자리에서는 더없이 싸가지없다. 소수의 사람 속에서는 소심하지만, 내가 주인공으로 무대에 나설 때는 더없는 무대체질이 된다.

그래서 가끔은 나 자신조차도 '내가 소심한 사람이 맞아?' 의심이 들 때가 있다. 사람을 함부로 단정 짓지 말자. 소심한 사람은 이렇다고 단정 짓지도 말자. 소심해서 '소심한 사람은 이러이러하니까' 무시했던 그에게 당신이 뒤통수 맞을 그 날이 올지도 모를 일이다.

●●●

에필로그
또다시 상처받을지라도 사랑하리

이제까지 쓴 글을 쭈욱 보면서 진심으로 궁금해졌다.

"나는 소심한 사람인가, 소심한 사람이 아닌가?"

정말 진심으로 나도 나를 모르겠는 상황이 되어버렸다. 나조차도 이런데 글을 읽는 사람들은 어떨까? '이 사람 소심한 거 맞아?'라는 생각이 들까, 아니면 '정말 너무 소심해서 안됐다' 이런 생각이 들까. 도무지 감이 잡히지 않는다.

그런데 어쩔 수 없다. 이게 바로 나다. 어느 부분에서는 한없이 소심하고, 어느 부분에서는 남들이 이해할 수 없을 만큼의 또라이 기질을 가진 사람. 어쩌면 그게 내 모습 중의 한 부분일지도 모른다. 물론, 나는 나를 소심하다고 생각하고 있지만 말이다.

그래도 이왕이면 한결같은 사람이 되고 싶긴 하다. 남들이 봤을 때 '뭐야. 여기선 이렇고 저기선 이렇네'라는 생각이 들지 않도록 말이다.

소심이 병은 아니잖아요?

그래서일까. 구본형 선생님을 가리켜서 '말과 글과 삶이 일치하는 사람'이라는 평가가 있다는 문장을 읽곤 세상에서 가장 좋은 칭찬이라는 생각이 들었다. 그리고 이런 평을 받는 사람은 어떤 사람일까 그분이 궁금하고 궁금해졌다.

나는 말과 글과 삶이 완전히 일치하지 않는 사람일 테다. 말과 글과 삶이 너무 따로따로라 이 글을 쓴 사람이 내가 아는 사람과 맞나 싶을 때도 있지 않을까 하는 걱정이 된다. 그래서 그것은 글을 쓰는 직업을 가진 사람으로서 엄청나게 큰 약점이라는 생각이 들었다.

하지만 나는 그 생각을 바꾸기로 했다. 이렇게 소심한 내가 글이라도 쓰지 않았으면 어떻게 살고, 어떻게 버텼을까 싶은 마음이 든 것이다. 나는 적어도 글쓰기에서는 거침이 없다. 가끔 이런 글을 써도 되나 말아야 하나 싶은 것들도, 결국은 쓰는 쪽으로 마음을 다잡는다. 물론 써서 득이 된 것도 있고 실이 된 것도 있다. 써놓고 나서 내 예상과는 달리 오히려 답답해진 일도 있다.

말에서는 반대다. 할까 말까 고민하다가 결국 하지 않는 쪽을 선택하는 적이 많다. 하지 않은 말들은 마음에 병으로 남을 때도 있다. 또 반대로 말을 삼킨 덕분에 상황을 더 좋은 쪽으로 끌고 가기도 한다. 어떤 때는 너무 억울하고 분해서 이불킥을 할 때도 있지만 말이다. 그 남은 말들을 나는 글로 써내고 있다. 그래서 나도 시원해지고, 보는 사람들에게도 그나마 약간의 위로가 되었으면 좋겠다는 생각을 한다.

삶에서 나는 어떤 사람이 되고 싶은가. 그것은 잘 모르겠다. 말과 일치하는 삶을 살 것인가, 글에 일치하는 삶을 살 것인가. 어떻게 보면 그건 결코 내 의지와는 상관없이 내 마음이 가는 방향으로 향하게 될 것이 분명하다.

다만 한 가지 말하고 싶은 것은 그래도 이대로도 충분히 잘살고 있다고 생각한다는 것이다. 꼭 뭔가를 잘하고 있을 때만 잘사는 것은 아니지 않을까? 어디 자랑스레 내세울 성공이라는 것을 이룬 적은 없지만 그래도 이대로 충분하다고.

가끔 소심한 사람들을 보면 안쓰럽다. 참 웃긴 게 나도 어디 가서 절대 지지 않을 만큼의 소심함을 갖고 있는데도 그렇다. 그래서 왠지 한 번이라도 더 챙겨주고 싶고 안아주고 싶다. (물론, 누군가 나를 보면서도 그런 감정을 느낄 수도 있다. 그건 참 감사한 일이다.)

그렇게 위로를 전하고 싶은 마음이 내가 그래도 꽤 잘살고 있다는 증거가 아닐까. 그래서 세상은 살만하다. 나도 힘들지만, 그래도 나보다 더 힘들어 보이는 사람들에게 위로를 전하고 싶은 사람들이 있어서. 그게 나고, 그게 당신이다.

어쨌든 모두가 완벽하지 않은 사람들. 어딘가 비어 있는 공간을 가졌고, 다행히 그 공간은 서로가 다르다. 그 빈 사람들이 서로를 안아주는 순간, 서로가 맞닿으면 서로의 빈 공간을 채워줄 수 있는 법. 그래서 우리는 서로 어울려 살아야 한다. 소심해서 상처받을지라도 말이다.

소심이 병은 아니잖아요?

나는
뒤끝 있는 사람이다

* 고3 때 담임선생님께

선생님! 그때 기억나세요? 3학년 초에 대학입시 상담할 때요.
선생님이 저한테 그러셨죠?
"지아는 음성이 예쁘니까 아나운서나 앵커를 하면 좋을 거 같
아"라고요. 그때 제 딴에는 제 꿈을 딱 알아주신 선생님이 신
기하고 또 고마웠지만, 겸손하겠다는 마음에 대답했지요.
"선생님 그런 건 예뻐야 하잖아요"
그때 선생님은 제 팔뚝을 툭 치면서 이렇게 말씀하셨어요.
"에이~ 라디오가 있잖아"
선생님이 고3 소녀의 푸른 꿈을 짓밟았다는 거 아세요?

* 엄마에게

엄마. 제가 웬만하면 아프다는 소리 안 하는 거 잘 아시죠? 그

런 제가 난생처음 독감에 걸렸어요. 무려 독감이라고요. 열이 39도까지 오르고 세상이 빙글빙글 돌아도 제 가장 큰 걱정은 아이들한테 옮길까 봐 걱정되는 거였어요. 그때 당시 첫째와 둘째는 이미 독감에 걸려 있던 터라 막둥이만 지키면 됐죠. 그래서 엄마한테 막둥이만 맡아달라고 전화를 드렸어요. 엄마는 내일부터 봐주시겠다고 했죠. 그런데 그 전날 밤에 이미 저랑 같이 잤던 막둥이는 하루가 지난 후 역시나 독감에 걸려버렸어요. 저는 다시 전화를 걸어서 막둥이도 독감에 걸렸다고 안 봐주셔도 되겠다고 했을 때 엄마는 정말로 오지 않으셨어요. 그래서요, 엄마. 독감에 걸린 제가 독감에 걸린 세 아이를 간호하느라 정작 아픈지는 하나도 몰랐네요. 엄마는 그걸 노리신 거죠?

* 심 오빠

분명히 먹고 싶은 게 있으면 말하라고 했잖아. 나는 양꼬치가 늘 너무 먹고 싶은데 우리 남편은 양꼬치를 싫어해. 그래서 오빠를 만나러 무려 서울까지 올라갈 때, 나는 여의도 근처 맛있는 양꼬치집까지 찾아놨단 말이야. 그런데?! 뭐 먹고 싶

소심이 병은 아니잖아요?

냐고 물어봐 놓고, 양꼬치는 별로라면서 칼국수집에 데려가? 그럼 물어보긴 왜 물어보니? 그냥 알아서 데리고 가든가! 그리고 이왕이면 멀리 서울까지 온 사람이 먹고 싶은 걸 사주는 게 일반적인 거 아니냐? 버스 타고 가면서 양꼬치 먹을 생각에 얼마나 두근거렸는데! 그런데 고백하자면, 솔직히 그 칼국수 너무 맛있었어!

* 동네 엄마 K에게

K야. 내가 몇 날 며칠을 고민하고 울다가 혼자 감당할 수 없어서 너에게 그 사건에 대해 털어놓기로 한 건 네가 객관적인 판단을 해주길 바라서였어. 그 사건에서 가해자와 피해자는 너무나 분명하다고 생각했기 때문에 나는 가해자를 조금이라도 이해하고 싶었거든. 그래서 평소에도 늘 객관적이고 이성적인 너에게 털어놓았던 거야. 그런데 너는 정말 심하게 객관적이더라? 아무리 그래도 어쩜 그렇게 한마디도 내 마음을 알아주지 않는지, 제삼자의 입장에서만 얘기하는 너를 보면서 정말 며칠째 흐르던 눈물이 나오다 쏙 들어가더라고. 그 자리에서 있는 속을 다 꺼내 보인 내가 너무 기가 막혀서 도

대체 어디로 숨어야 할지 모르겠더라. 그래도 덕분에 진정한 대화의 방법에 대해서 고민해봤고 아무에게나 함부로 속을 열어 보이면 안 된다는 걸 깨달았으니, 나 너에게 고마워해야 하는 거 맞지?

* 우리 아파트 17층에 사는 어르신께

어르신! 사람이 인사를 하면, 당연히 상대방도 인사를 해야 하는 거 아닌가요? 윗사람이라고 무조건 인사를 받아야만 하는 건 아니잖아요. 제가 어르신하고 어떤 이해관계가 얽혀 있는 것도 아니고, 말 한마디 섞어본 적도 없고, 그저 자주 엘리베이터에서 만나니까 그래도 이웃 주민이고 저보다 훨씬 연장자니까 늘 그렇게 "안녕하세요" 인사를 드리는데, 어쩜 그렇게 고개 한 번도 까딱하지를 않으세요? 그러니 만날 때마다 기분이 나빠지고 '차라리 나도 인사를 안 해야지' 싶은데 그게 마음대로 안 돼서 저도 참 속상하네요. 그래서 주차장에서 어르신 차가 들어오는 게 보이면 얼른 빠른 걸음으로 현관으로 들어가서 엘리베이터 닫힘 버튼을 다다다다 누르는 거 아세요? 분명히 어르신도 손해일 걸요? 먼저 인사하실 필요도 없고 그냥 제가 인사할 때 고개만 끄덕이셔도 제가 이렇게 피하지는 않죠~. 그런데요, 어르신. 이렇게 말하면서도 혹시나 나보다도 너무너무 소심해서 인사조차 못 하시는 건 아닌가, 또 괜한 염려가 되는 걸 보니 이것도 정녕 병인가 봅니다.